XS
엑세스 *Song, Ji Hyung*
escent of Goddess

5th XS Contents

LOG_28; Hybrid Hunter --------- 3
LOG_29; Oogami vs Neco ------- 27
LOG_30; Flying Blade --------- 51
LOG_31; Deal ----------------- 75
LOG_32; Return of J ---------- 99
LOG_33; Descent of Goddess(1) --- 123
LOG_34; Descent of Goddess(2) --- 147
Final LOG; Bring It On! ---- 173

Starting a G Project simulation.
(G Projekt Simulation wird gestartet.)

Admission number: ****************
(Zugangsnummer: **************)

Attack objective:
All electronic equipments which exist on earth except the North American area.
(Zielobjekte: Alle auf der Erde existierenden elektronischen Ausrüstungen außerhalb von Nordamerika.)

Beginning the countdown.
(Der Countdown beginnt.)

20

19

18

17

15

ZIZISCH

ZIIIISCH

ZIIIIIIIIISCH

LOG_28;Hybrid Hunter

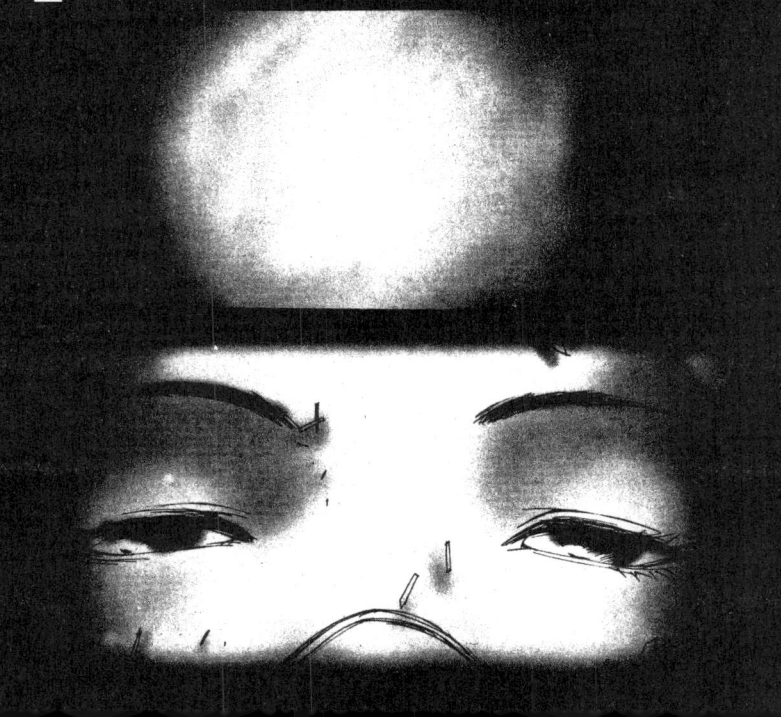

SLASH...

J...

TAPP

TATATATATA

HH...
HH...
HH...
HH...
HH...

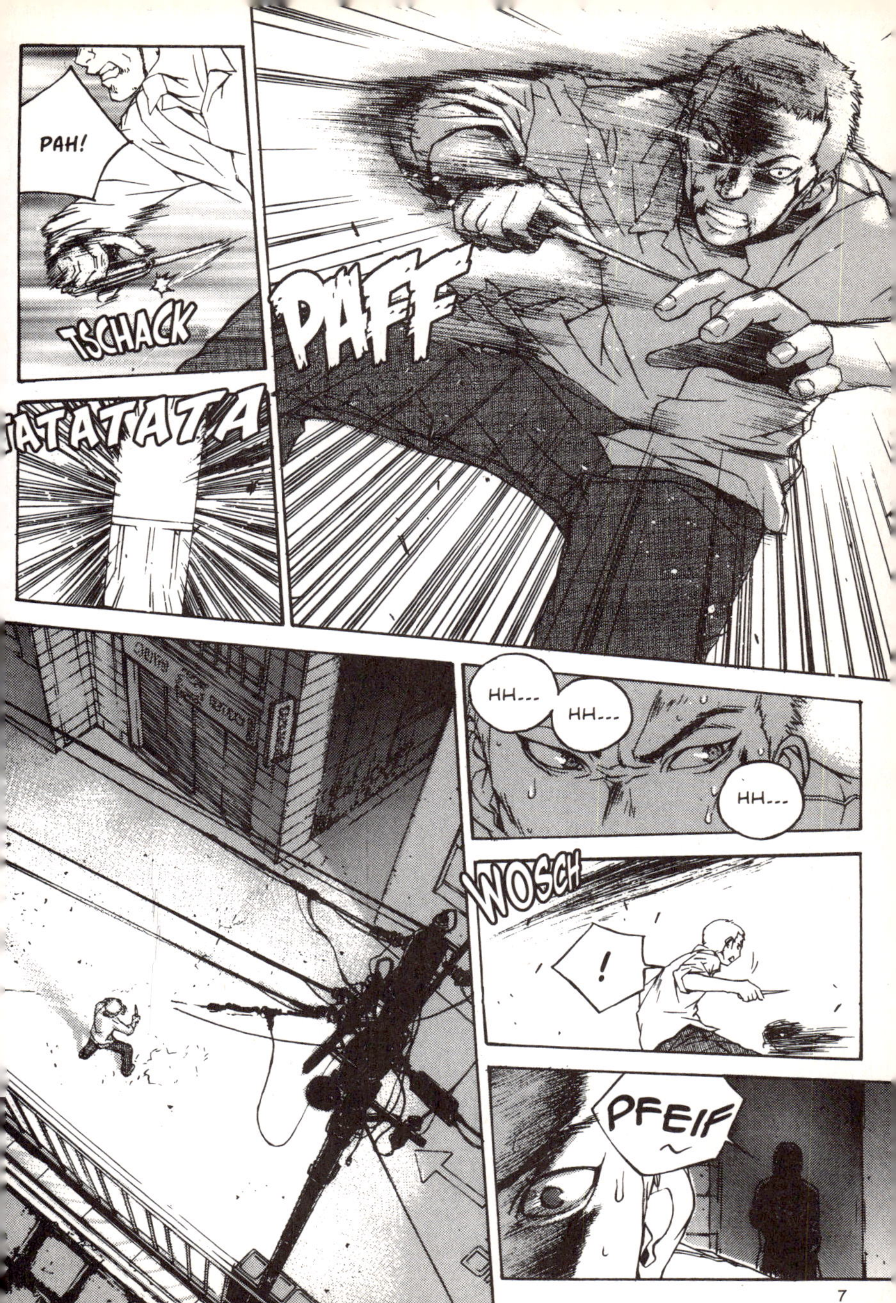
PAH!
TSCHACK
PAFF
ATATATA
HH...
HH...
HH...
WOSCH
!
PFEIF

ZWUUUUUUUUSCH
S-SEID IHR ALLE VERRÜCKT GE-WORDEN?
IHR IDIOTEN! ICH BIN'S DOCH!
GRRRR
VERDAMMT! WAS SOLL DAS?
WER ZU TEUFE IST DA ?!
ICH BRING DICH UM!
KOMM RAUS!

PAFF

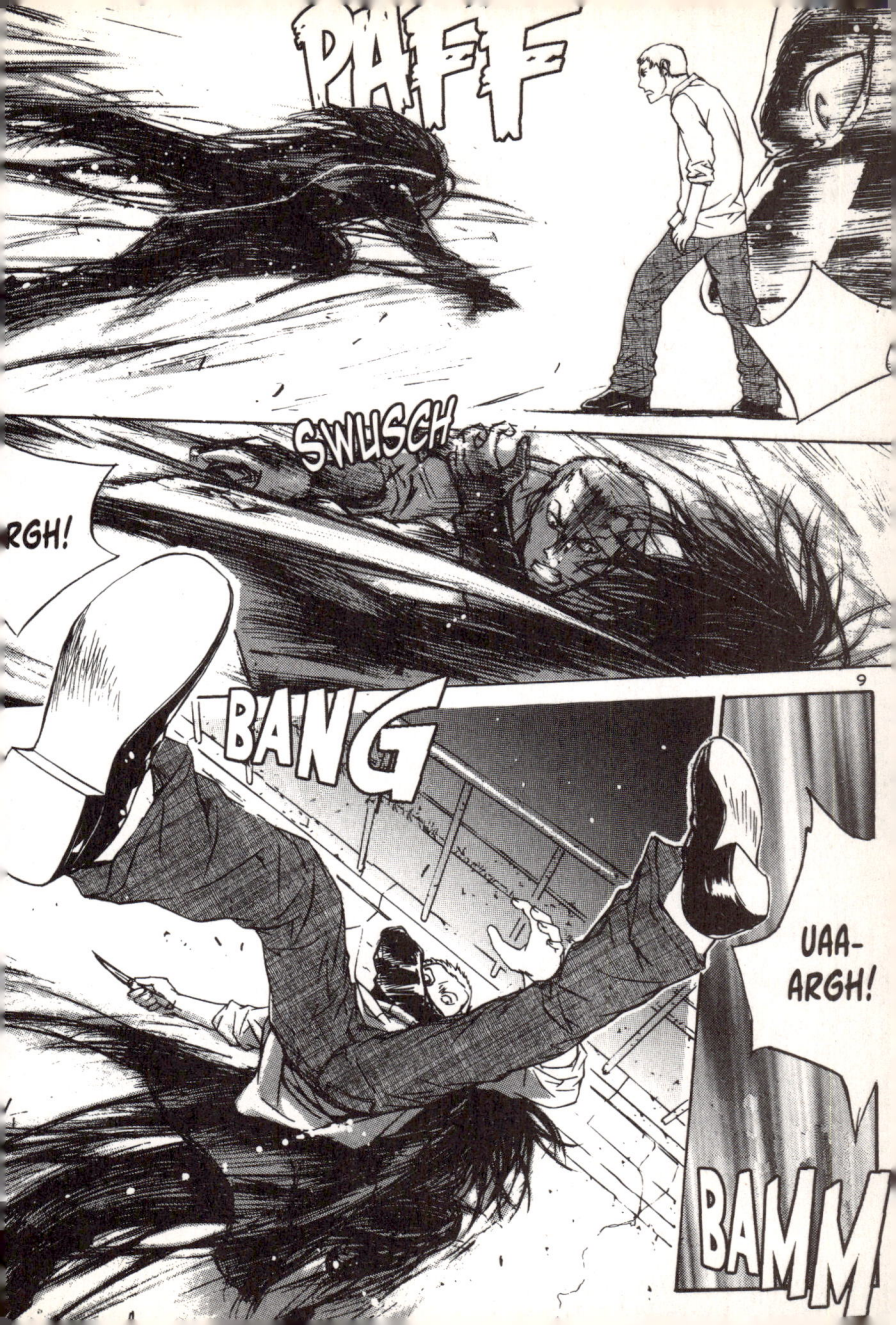

SWUSCH

RGH!

BANG

UAA-ARGH!

BAMM

KRUIK
KRUIK
KRUIK
HUST
HUST
ARGH...
NA?
TOCK
WILLST DU JETZT MIT MIR REDEN?
WER BIST DU...?
WAS WILLST DU VON MIR?
INFORMATIONEN ÜBER KALI.

DIESES GESICHT HAB ICH SCHON MAL GESEHEN...

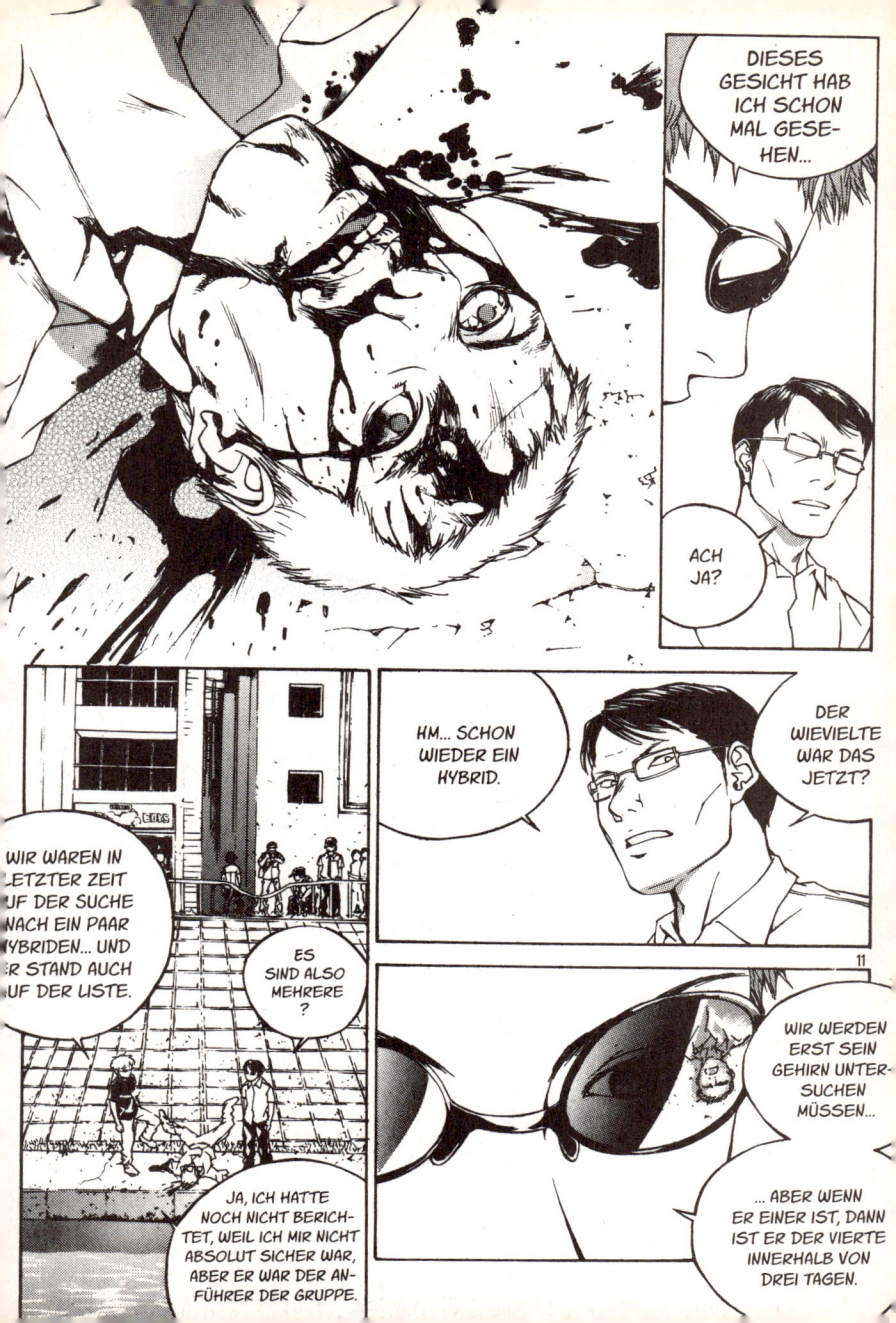

ACH JA?

HM... SCHON WIEDER EIN HYBRID.

DER WIEVIELTE WAR DAS JETZT?

WIR WAREN IN LETZTER ZEIT AUF DER SUCHE NACH EIN PAAR HYBRIDEN... UND ER STAND AUCH AUF DER LISTE.

ES SIND ALSO MEHRERE?

JA, ICH HATTE NOCH NICHT BERICHTET, WEIL ICH MIR NICHT ABSOLUT SICHER WAR, ABER ER WAR DER ANFÜHRER DER GRUPPE.

WIR WERDEN ERST SEIN GEHIRN UNTERSUCHEN MÜSSEN...

... ABER WENN ER EINER IST, DANN IST ER DER VIERTE INNERHALB VON DREI TAGEN.

SCHON DER VIERTE HYBRID, DER IN DEN LETZTEN DREI TAGEN UMGEBRACHT WURDE. UND DANN NOCH DIESE SPUREN GEWALTSAMEN EINDRINGENS IN DIE GEHIRNE...
DIE WAHRSCHEINLICHKEIT IST GROSS, DASS DER TÄTER AUCH EIN HYBRID IST... ABER WAS IST SEIN ZIEL?
VIELLEICHT SUCHT ER ETWAS.
SUCHEN? WAS DENN?
DRRRRRRING
HALLO?
IST ES SERGEANT JEONG?
NICK
WAS?
EIN VORFALL IM HAFEN VON BUSAN?
HM... DAS MODELL UND DIE NUMMER DES WAGENS STIMMEN ÜBEREIN. JA...
WIE? DAS MÄDCHEN?
ÄH, ALSO... SIE IST NOCH AM LEBEN, ABER...
POLIZEI
POLICE LINE
POLIZEI ZUTRITT VERBOTEN POLIZEI ZUTRITT VER
2506
...
VERSTANDEN. BIN SCHON UNTERWEGS.

— WAS IST PASSIERT?

— NUN JA, DAS WEISS ICH NICHT SO RECHT...

— SIE LIEGT IM KOMA.

KOMA...? DURCH ÄUSSERE EINFLÜSSE?
NEIN.
ES SIND KEINE ÄUSSERLICHEN VERLETZUNGEN SICHTBAR. IHRE KÖRPERLICHE VERFASSUNG LÄSST SICH DADURCH ERKLÄREN, DASS SIE EINIGE TAGE NICHTS GEGESSEN HAT.
WARUM DANN?
ABER... DANN WAR ES...
HAT JEMAND ...?
NICK
PUH...
ICH WEISS NICHT WER, ABER IRGENDJEMAND HAT SICH ZUGANG ZU IHREM GEHIRN VERSCHAFFT UND EINE FÜRCHTERLICHE VERWÜSTUNG ANGERICHTET. WENN MAN ES MIT EINEM COMPUTER VERGLEICHEN WÜRDE, WÄREN SOWOHL DAS BETRIEBSSYSTEM ALS AUCH DIE GESAMTE HARDWARE GELÖSCHT...
VIELLEICHT IST ES SOGAR VÖLLIG UNMÖGLICH, IRGENDWELCHE DATEN ZU RETTEN, GANZ ZU SCHWEIGEN VON EINER WIEDERHERSTELLUNG.
MOMENT, DIESE VORFÄLLE... SIND SIE IN DER NACHT VOR DEN SERIENMORDEN IN SEOUL GESCHEHEN?
JA. AM SELBEN TAG, AN DEM DIE BEAMTEN DER EINWANDERUNGSBEHÖRDE IM HAFEN VON BUSAN UMGEBRACHT WURDEN, KAM EIN MANN AUF DIESELBE WEISE UMS LEBEN, UND SEINE BEGLEITERIN IST UNAUFFINDBAR.
VERDÄCHTIGER ZUFALL. DIE OPFER IN SEOUL SIND AUCH DURCH EIN MESSER UMGEKOMMEN, ODER? ES WIRD DOCH...
... NICHT ETWA EIN UND DERSELBE TÄTER SEIN...?
WENN DEM SO IST...
... DANN IST DA AUS JAPAN ETWAS GANZ UNGEHEUERLICHES RÜBERGEFLOGEN

AMIC
DUO

...

TACK

WA...

WAS IST DAS...?

ES GEHÖRT DIR.

NEIN...

GENAUER GESAGT, DAS GEHÖRTE J, DER IN DIR STECKT.

ICH GLAUBE, DIE ZEIT IST GEKOMMEN, DASS ES NUN IN DEINEN BESITZ KOMMT. ICH GEBE ES DIR NUR WIEDER ZURÜCK.

ABER SO WAS HAB ICH NIE BESESSEN...!

... FÄLLST DU ALLEIN.

DIE ENTSCHEIDUNG...

WENN „SIE" DAHINTER GEKOMMEN SIND, DASS WIR IN KOREA SIND, IST ES SINNLOS, WENN WIR UNS WEITER VERSTECKEN ODER WEGLAUFEN.

DA AUCH SIE IN DIE ENGE GETRIEBEN WURDEN...

... WERDEN SIE BALD...

ES WERDEN UNGLAUBLICH STARKE KERLE AUFTAUCHEN, DEREN KRAFT DEIN JETZIGES VORSTELLUNGSVERMÖGEN SPRENGEN WÜRDE.

... LIEGT GANZ ALLEIN BEI DIR.

DIE ENTSCHEIDUNG ZU FÄLLEN, WAS DAS BESTE FÜR MINAS SCHUTZ IST...

TOCK

VER-
DAMMT...

ICH
VERSTE
GAR NICH
MEHR...

BANG

AAAAAH!

W-WAS...?!

JEMAND MUSS EINEN NOTARZT RUFEN!

BLA BLA

> KIHI... WAS FÜR EIN UNVERHOFFTES GLÜCK.

> NECO IST ALSO IN KOREA...

> DAS MACHT DIE SACHE VIEL LEICHTER FÜR MICH.

WAS IST DENN MIT EUCH LOS?
HÄ?
WAS DENN?
TU NICHT SO.
ICH MEINE INCHANG.
DIE LETZTEN TAGE HAT ER KEIN WORT GESAGT... KRANK IST ER ABER NICHT...
UND DIR SCHAUT ER NICHT MAL IN DIE AUGEN. VON REDEN GANZ ZU SCHWEIGEN.
A-ACH, WIRKLICH?
HABT...
... IHR EUCH ETWA GETRENNT?
HUCH
GE-GE-GETRENNT?! WIR WAREN NIE ZUSAMMEN!!
WIE OFT MUSS ICH DIR DAS NOCH SAGEN?
WIR SIND EINFACH NUR SANDKASTENFREUNDE...!
SONST NICHTS!
NUR FREUNDE?
JA, GENAU! NUR FREUNDE!

ACH JA...? DANN HAST DU BESTIMMT NICHTS DAGEGEN, WENN ICH MICH AN IHN RAN-MACHE, ODER?
BISHER HAB ICH MICH NICHT FÜR IHN INTERESSIERT, WEIL ICH GEDACHT HAB, DASS ER MIT DIR ZUSAMMEN IST, ABER JETZT FIND ICH IHN GANZ SÜSS.
SEINE NOTEN SIND NICHT DIE ALLERBESTEN, AB SONST KANN ER ALLES... UND LIE IST ER AUCH.
AH... W-WEISST DU, JIHA...
... DU KENNST IHN DOCH GAR NICHT RICHTIG.
HM? WAS...?
ER HAT NICHT NUR SCHLECHTE NOTEN! WEISST DU DENN NICHT, DASS SEIN IQ MIT DEM EINES HUNDES VERGLEICH-BAR IST? AUSSERDEM WÄSCHT ER SICH FAST NIE UND JAGT JEDEM ROCKZIPFEL HINTERHER!
WENN'S NUR DAS WÄRE! ER IST AUCH NOCH EIN UN-GLAUBLICH STURER BOCK!
ER HAT AUCH UNTER-SCHIEDLICH GROSSE NASEN-LÖCHER UND SEIN MODEBEWUSSTSEIN IST MISERABEL!
UND... UND...
NA UND...?
ICH SOLL MICH ALSO NICHT AN IHN RAN-MACHEN?
GRABB
HM?
HÄ?
N-NEIN, DAS MEIN ICH NICHT...

AAAH...♡ WIE SÜSS...!
UMARM
N- NEIN... ICH MEINE...
SCHON GUT, SCHON GUT. CH HAB DICH OCH NUR VER-SCHAUKELT.
JIHA, DU HAST MICH NICHT RICHTIG VERSTANDEN...
DING DONG
...
A-ALSO, ICH MEINE, MIR MACHT ES NICHTS AUS, WENN DU MIT INCHANG ZUSAMMENKOMMST...
MINA, ICH MUSS LOS. WAS DRINGENDES.
HÄ?
JA, GUT.
DANN BIS MORGEN...
TATATATA
JA...
...
REIB
PUUUUUH...

TAPP

DU BIST SPÄT.

WAS FÜR INFORMATIONE HAST DU FÜR MICH?

ACH... WARUM HAST DU ES DENN SO EILIG? WIR HABEN UNS LANGE NICHT GESEHEN...
HALT DEIN MAUL...
... UND KOMM ZUM WESENT-LICHEN!
HE... SO UNGESTÜM WIE EH UND JE...
ACH... ES IST NICHTS WELTBEWE-GENDES...
JEMAND WOLLTE DICH UNBEDINGT SEHEN.
?
HEY...
LANGE NICHTS MEHR VON DIR GEHÖRT.
DU HAST WOHL VERDORBENEN FISCH GEROCHEN UND BIST SOFORT NACH KOREA GEJETTET...

LANGE NICHT GE-SEHEN, NECO.

...

OOGAM

Log_28 END

LOG_29;
Oogami Vs Neco

OOGAMI... WAS MACHST DU HIER...?

ICH ERHIELT EINE NACHRICHT AUS AMERIKA.

DASS KALI SICH IN KOREA BEFINDET, UND DASS ICH DEM NACHGEHEN SOLL.

DESWEGEN BIN ICH NACH SEOUL GEKOMMEN, UND HAB MIR EIN PAAR KLEINE FISCHE VORGENOMMEN. ÜBERRASCHENDERWEISE ERWÄHNTEN SIE DEINEN NAMEN...

DU DENKST ALSO, DASS ICH INFORMATIONEN ÜBER KALI HAB, UND ICH SOLL SIE JETZT RAUSRÜCKEN, JA?

GENAU. DIE SCHWARZE KATZE AUS TOKIO IST SICHERLICH NICHT NUR AUF BESICHTIGUNGSTOUR IN KOREA.

WOSCH WOSCH WOSCH

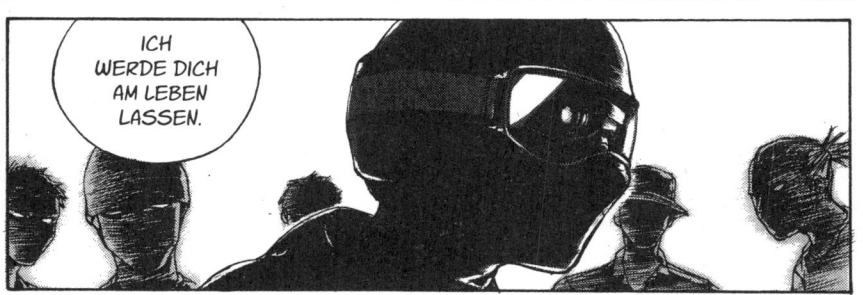

ICH WERDE DICH AM LEBEN LASSEN.

ALSO MACH DEIN MAUL AUF...

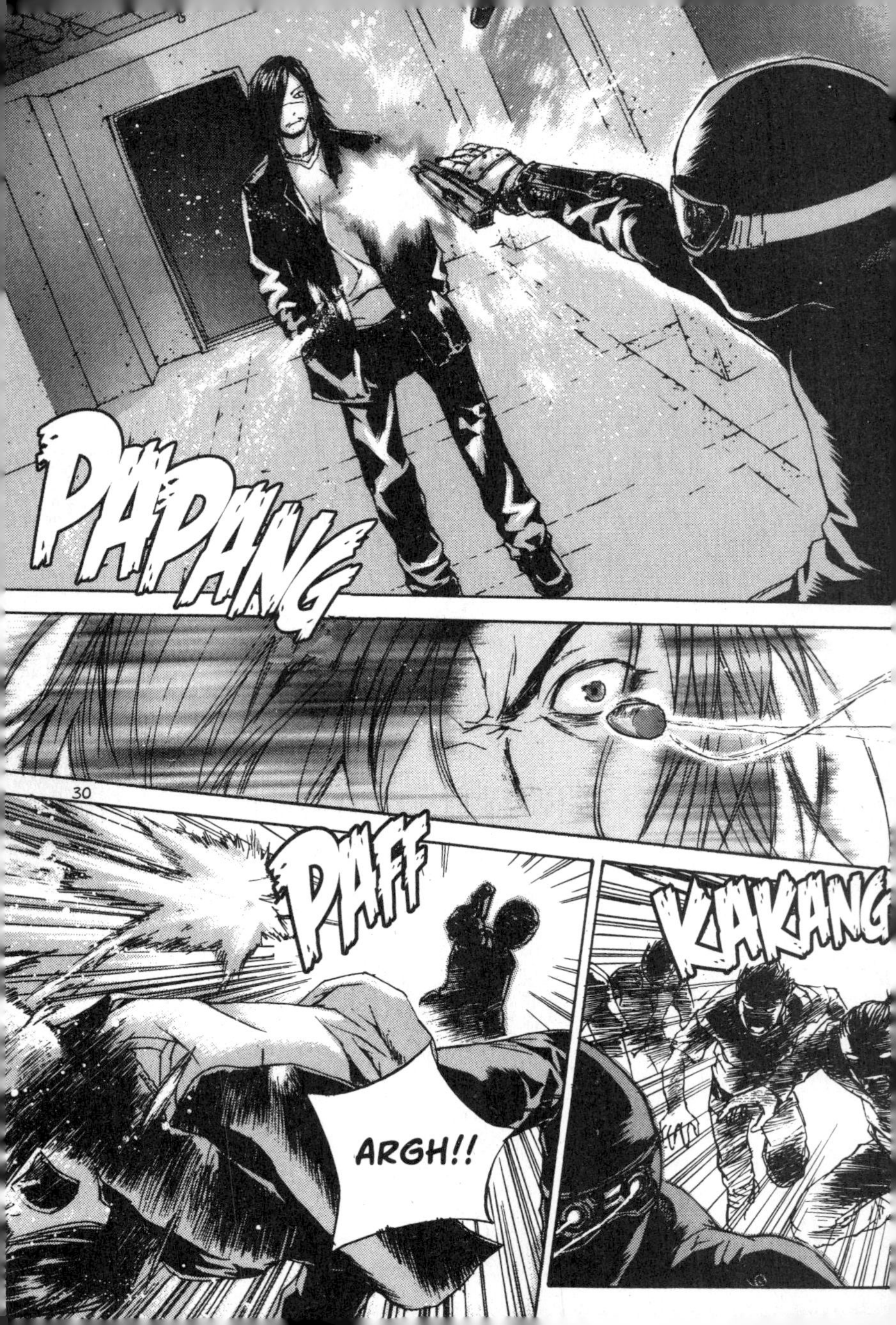
PAPANG
KAKANG
PAFF
ARGH!!

WISCH POFF POFF WOSCH PAPANG PAFF ACKS PAFF

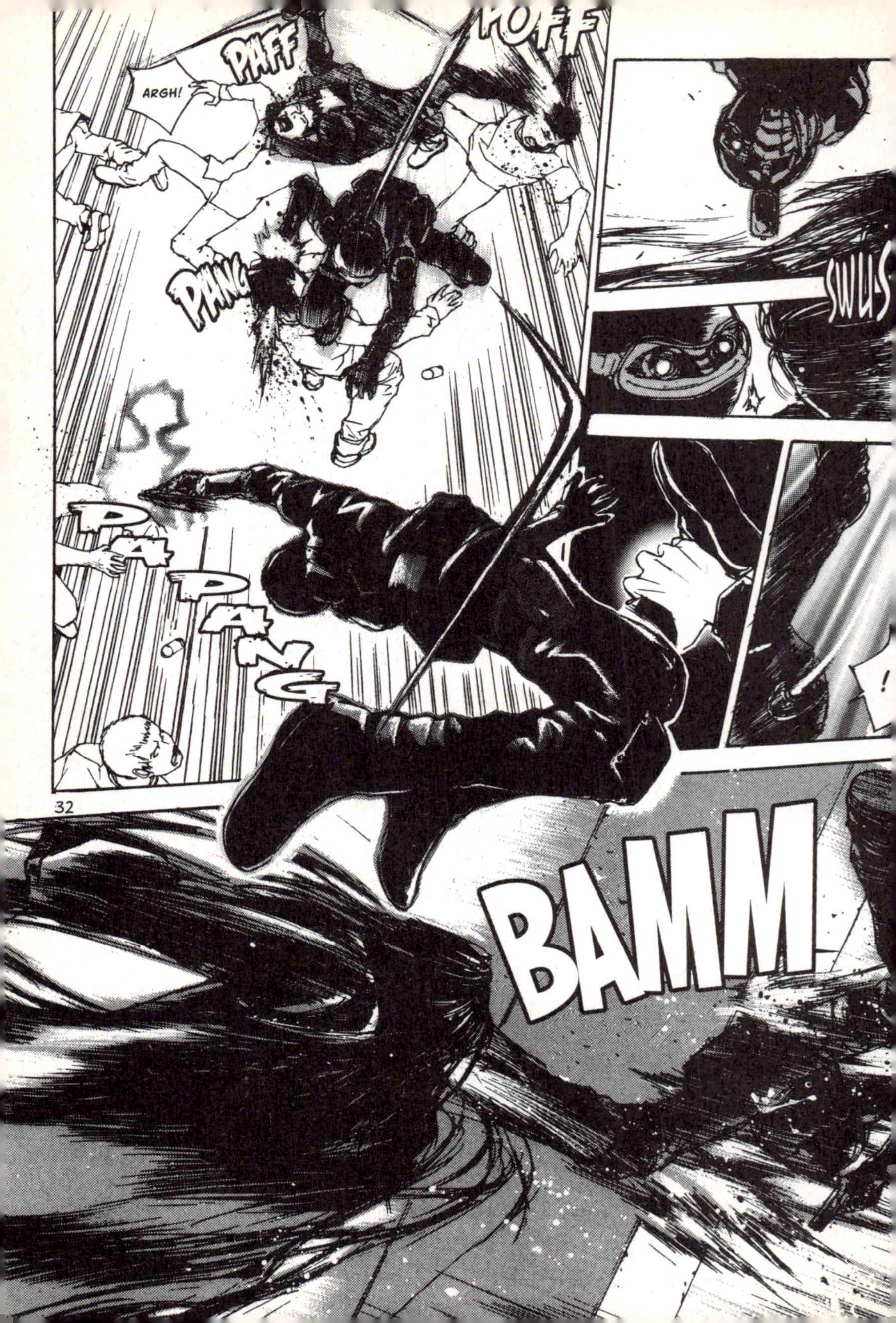
PAFF
ARGH!
OFF
PANG
PAPANG
SWUS
!
BAMM

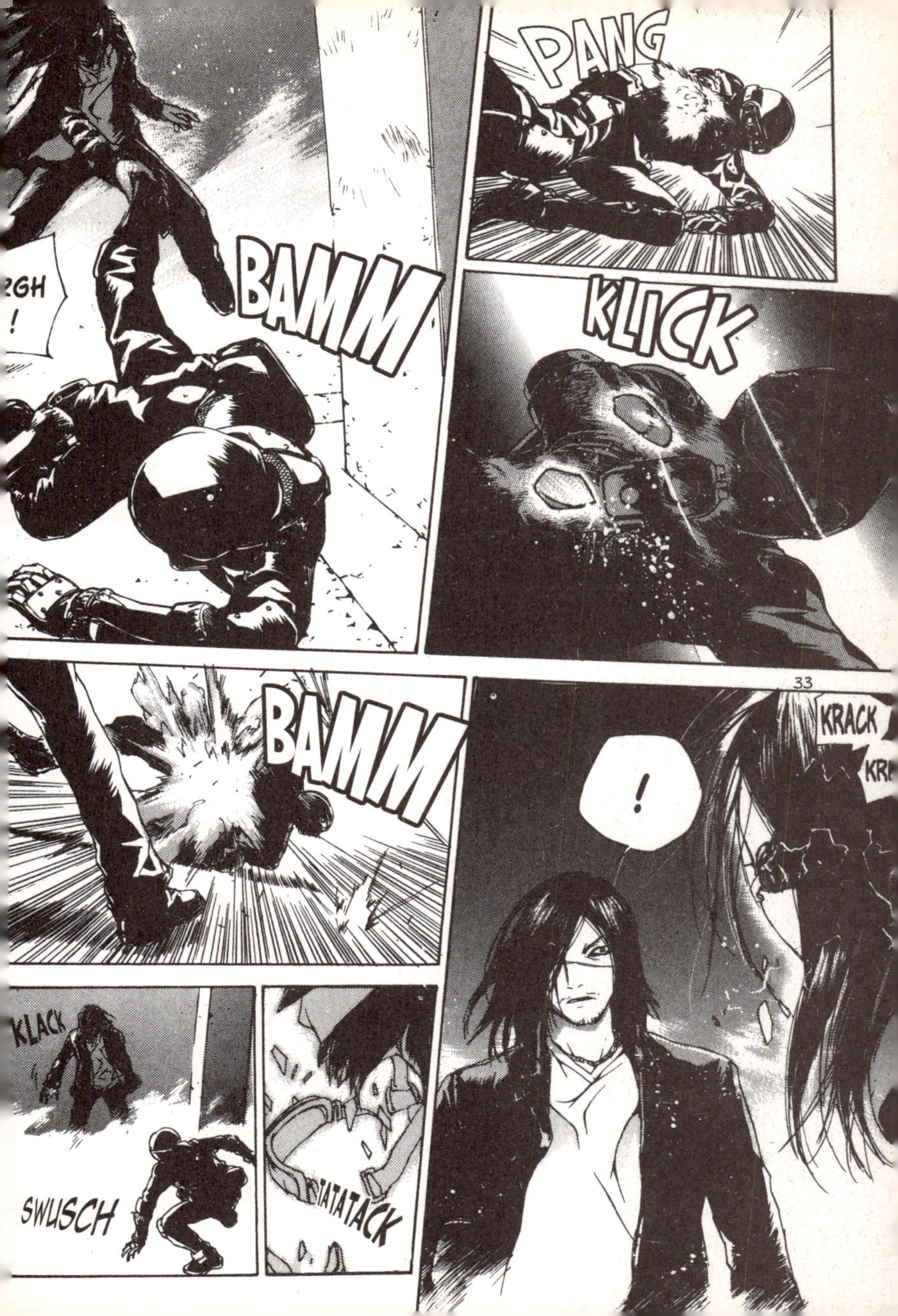

PANG
KLICK
BAMM
RGH !
!
KRACK
BAMM
TATATACK
KLACK
SWUSCH

HOHO... ICH WUSSTE JA, DASS DU EINE FRAU BIST, ABER WER HÄTTE GEDACHT...
... DASS DU SO EINE SCHÖNHEIT BIST?
!

WOSCH

WOSCH

ÜBERNIMM DICH NICHT. DIE KERLE DA VERSPÜREN KEINE SCHMERZEN.

ICH HABE IHRE GEHIRNE...

...MANI-PU...

PAFF

TATATATATA

ARGH!

VERDAMMT!

SCHNAPPT SIE!!

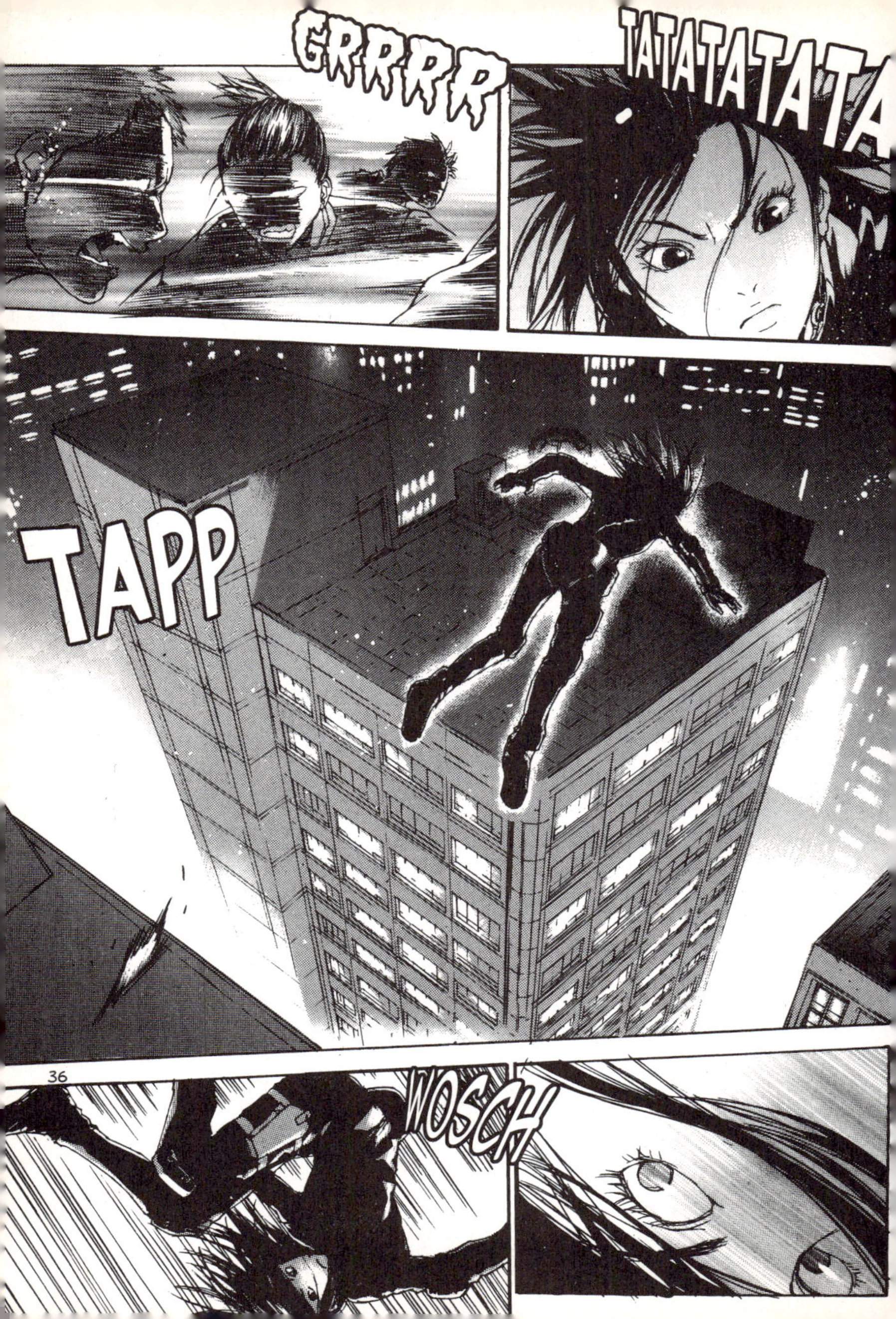

TATATATATA
GRRRRR
TAPP
WOSCH

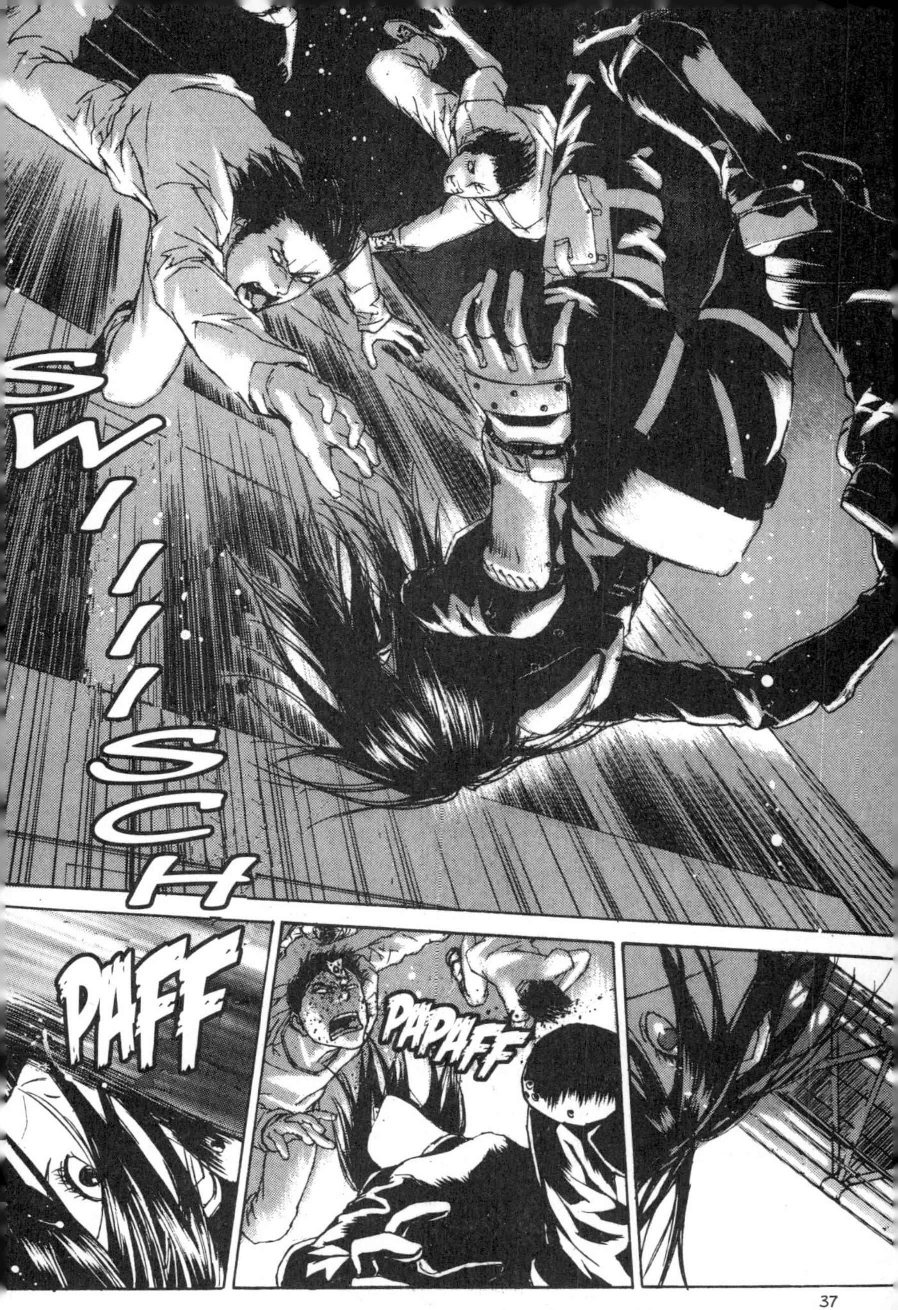
SWIIIISCH
PAFF
PAPAFF

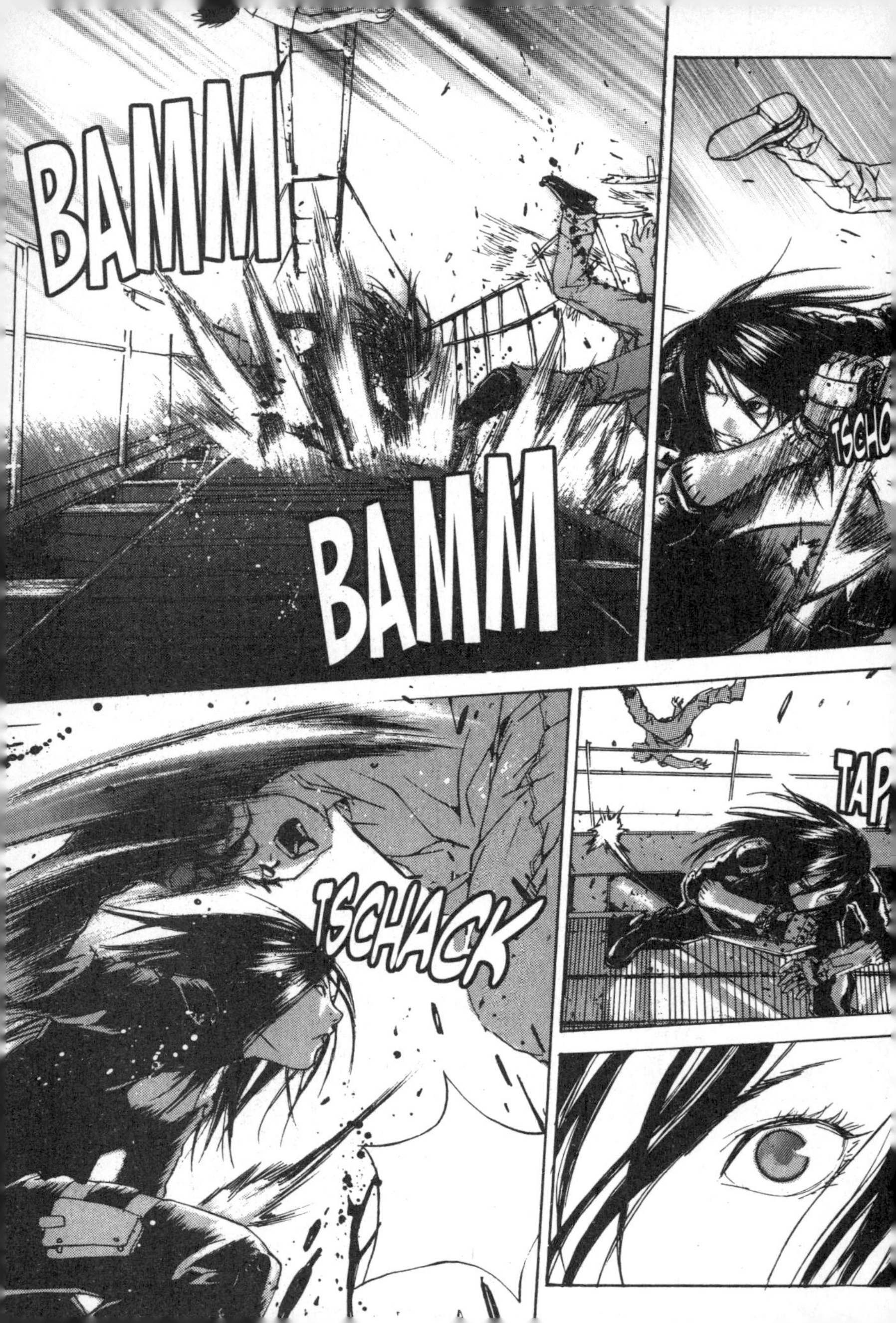
TSCHO
BAMM
BAMM
TAP
TSCHACK

SWIIIISCH

SCHING

KRACK

S

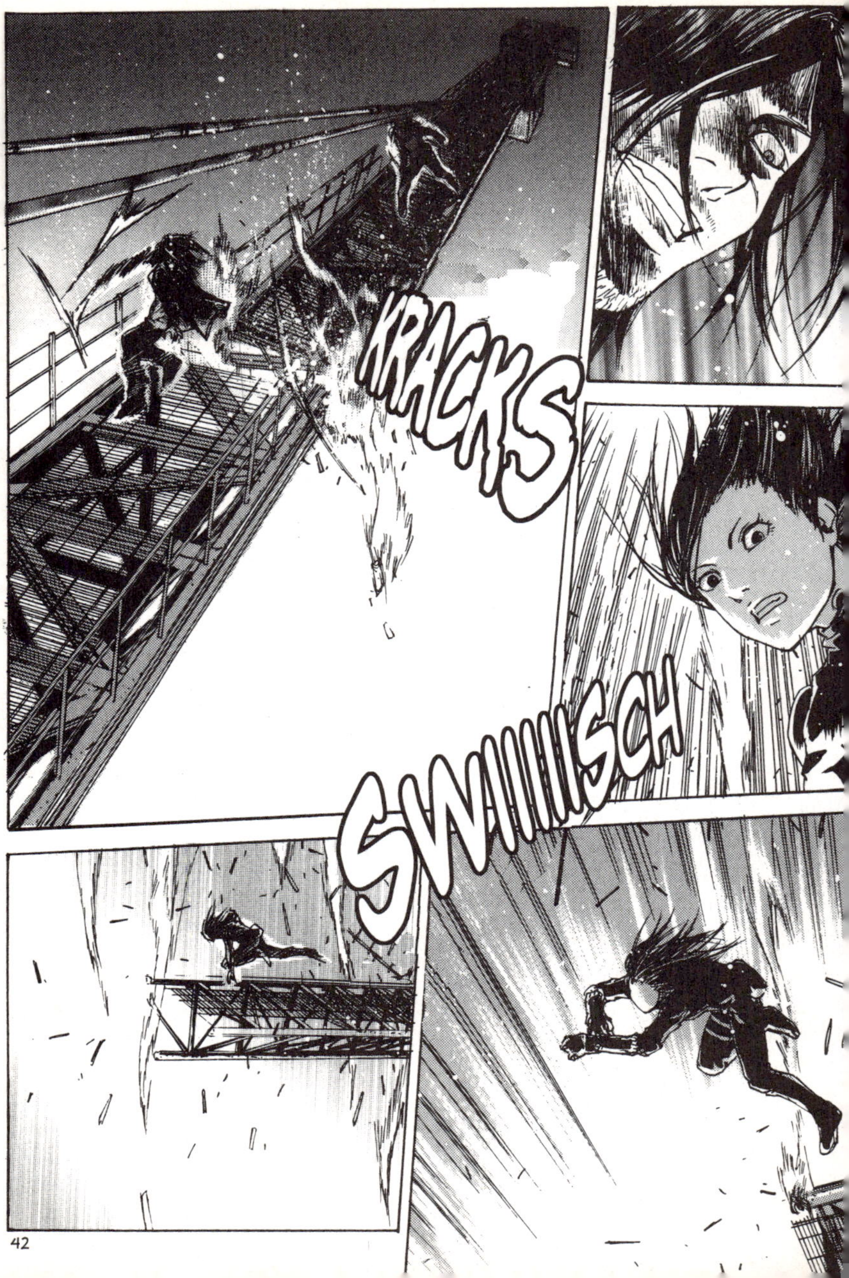
KRACKS
SWIIIIISCH

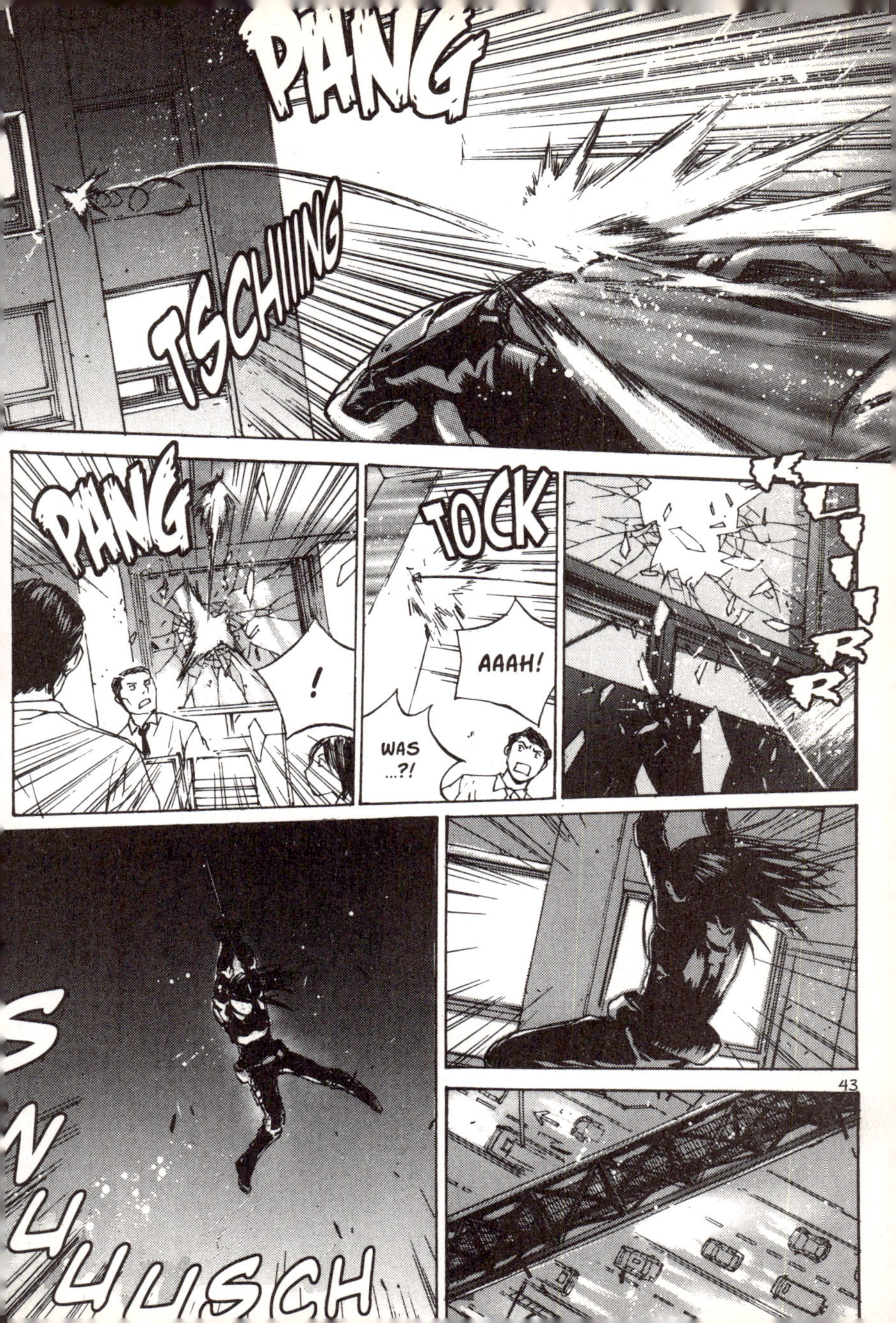
PANG
TSCHIING
KLIIIRR
TOCK
AAAH!
WAS ...?!
PANG
!

KRAWUUUMM

KLACK

ARGH!

MACHEN...

FLATTER FLATTER

...WIR JETZT UNSEREN DEAL...

...NECO?

TSCHING

WO IST KALI?

TSCHING

TSCHING

KRUIK

WOHIN GEHST DU NOCH UM DIESE ZEIT?

AH...

ACH... WOLLT NUR EIN BISSCHEN RUMFAHREN...

?

KRRRR

WRUMM

INCHANG, WARTE!

HÄ?

WAS IST DENN IN LETZTER ZEIT MIT DIR LOS?

WAS DENN...?

DU REDEST KAUM EIN WORT UND IGNORIERST MICH VÖLLIG. IN DER SCHULE BIST DU AUCH TOTAL GEISTESABWESEND.

VIELLEICHT HÖRT SICH DAS JETZT SCHRÄG AN, ABER ICH KANN MICH AN ÜBERHAUPT NICHTS MEHR ERINNERN, WAS IN DEM GEBÄUDE PASSIERT IST... BIST DU DESWEGEN SO KOMISCH?

IST DA ETWAS PASSIERT...?

NEIN... NICHTS.

WRUMM

...

ICH...

... HAB NUR ÜBER SO VIELES NACH-ZUDENKEN.
WER DU BIST, WAS DEINE ECHTE IDENTITÄT IST, UND WAS DAS ZWISCHEN UNS IST...
?
WAS MEINST DU...?
WRUMM
AH...
WAS MEINST DU DENN DAMIT...?
WRUUUUMM

WRUMM

Log_29 END

LOG_30;
Flying Blade

HAHA... HÄTTE NIE GEDACHT, DASS DU KALIS...

... GUARDIAN BIST...

DU UND ICH SIND IHRE WERKE. WIR SIND DAZU ERSCHAFFEN WORDEN, SIE UNTER EINSATZ UNSERES LEBENS ZU BESCHÜTZEN.

ALS IHRE GUARDIANS.

DU... MUSST JETZT ERWACHEN.

ES WERDEN UNGLAUBLICH STARKE KERLE AUFTAUCHEN, DEREN KRAFT DEIN JETZIGES VORSTELLUNGSVERMÖGEN SPRENGEN WÜRDE.

DIE ENTSCHEIDUNG ZU FÄLLEN, WAS DAS BESTE FÜR MINAS SCHUTZ IST...

... LIEGT GANZ ALLEIN BEI DIR.

> DU KANNST SIE NICHT BESCHÜTZEN. ALS SCHWACHER MENSCH KANNST DU NICHTS BEWIRKEN. ABER KEINE EILE...

DU... ... WIRST ICH.

DU... WIRST STERBEN.

STERBEN? WAS SOLL DAS BEDEUTEN?

DRRRING DRRRING

Neuer Anruf
010-2525

WER IST DAS?

HALLO? WER IST DA...?

JIHA?

WIE? ICH BIN IM PARK, WIESO?

WAS, INS KINO?

JA. DER FILM SOLL GUT SEIN.

KARTEN HAB ICH SCHON BESORGT. WIR SEHEN UNS ALSO IN EINER STUNDE... ♡

JIHA, ICH HAB ÜBER-HAUPT KEINE LUST, INS KINO ZU GE-HEN...
DANN BIS SPÄTER... ♡
NEIN, JIHA, ICH...
TACK
Hi...
ER KOMMT BESTIMMT NICHT.
TJA...
SONST IST ER ABER JEDES MAL...
... GE-KOMMEN
WENN ER NICHT KOMMT, SEHEN WIR UNS DEN FILM HALT ZU ZWEIT AN.
KOMM SCHON.
ÄH, JA...
BLA BLA
SÜSS...
OH, WAS FÜR EINE FIGUR...
HM, NA JA...
VIELLEICHT KOMMT ER DOCH?

OH, STIMMT! MEIN ROLLER.
HÄ?
MINA, GEH SCHON MAL VOR. ICH STELL NUR MEINEN ROLLER KURZ WOANDERS HIN.
HIER IST ES ZU GE-FÄHRLICH.
AH, OKAY.
ICH WARTE UNTEN AUF DICH.
GUT...

WOSCH WUOSCH

TAPP TAPP

TAPP TAPP

WAS SOLL DENN DAS?
WAS MACH ICH DENN JETZT?
SOLL SIE DOCH AUF MICH WARTEN...
ACH, KEINE AHNUNG.
?

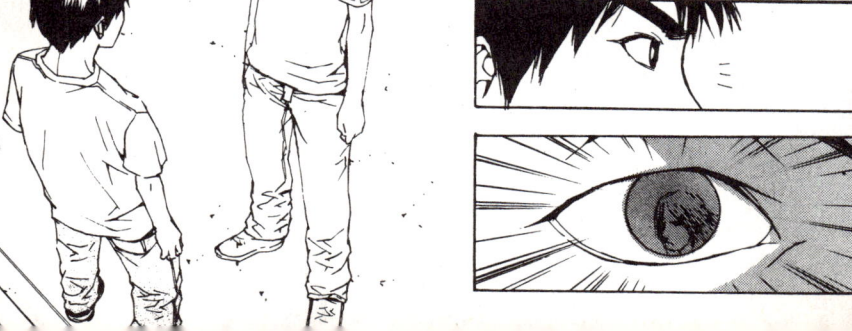

LANGE NICHT GESEHEN...

...J.

HÄ? J?

ER SPRICHT DOCH JAPANISCH... WIE KANN ICH IHN ÜBERHAUPT VERSTEHEN?

WAS? WER...?

WER BIST DU?

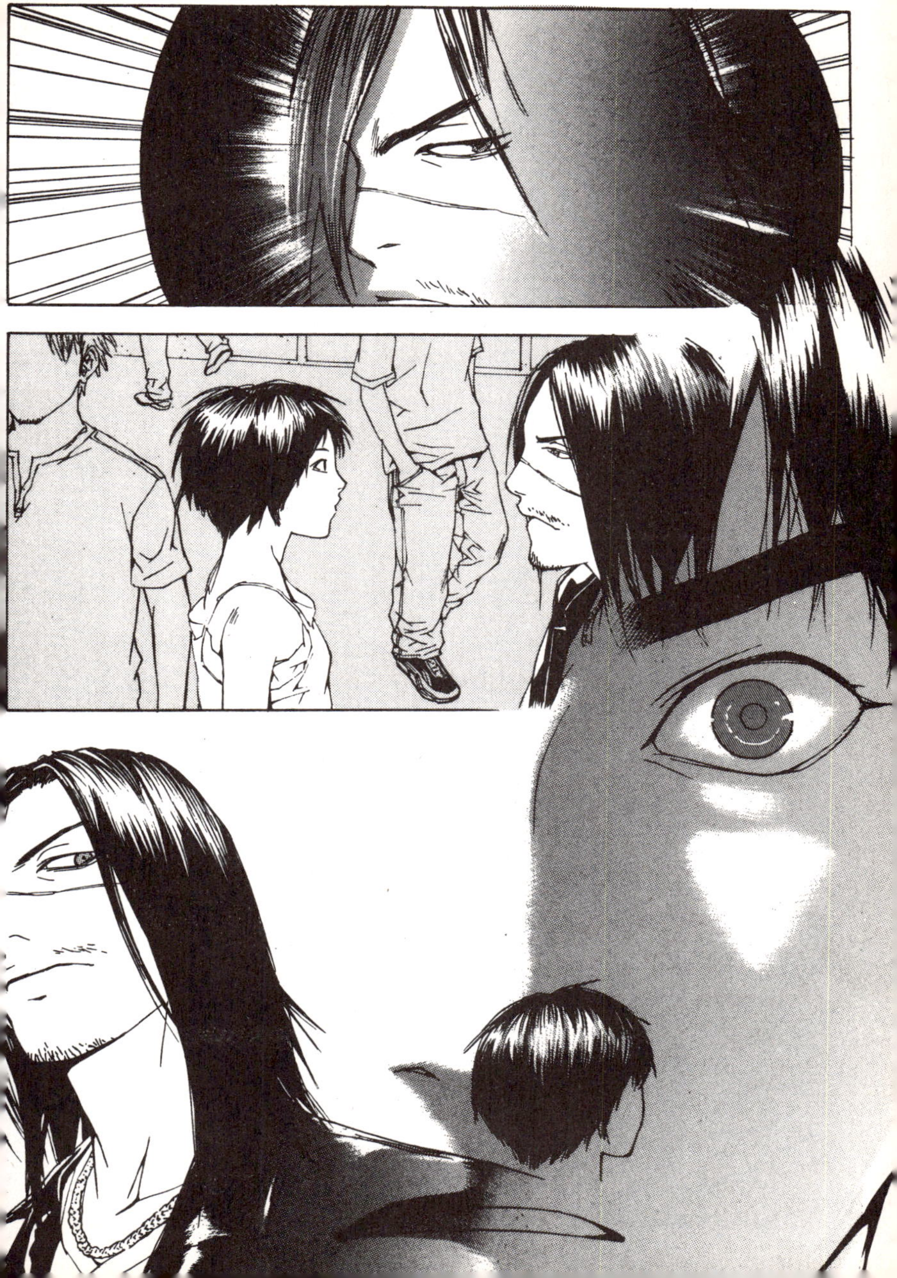

WAS... IST HIER LOS...?

WOSCH

WOSCH

WOSCH

!

MINA... ...IST IN GEFAHR!

WO BLEIBT SIE DENN …?

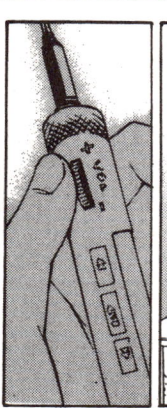

SO, DA NUN...

... ALLE VORBEREITUNGEN GETROFFEN SIND...

... IST ES AN DER ZEIT, DASS DIE HAUPTFIGUREN DIE BÜHNE BETRETEN.

TATÜ
TATA
TATÜ
WIR SIND AUF DEM WEG DORTHIN!
IST ES GANZ SICHER DER TÄTER?
HUP
HUP
WEG DA!
JA, GANZ SICHER.
JA, GANZ SICHER.
BIEP

ER IST EIN BEKANNTER HYBRID-JÄGER AUS JAPAN.

KAZUYA...?

DANN WISSEN SIE WAHRSCHEINLICH AUCH, DASS ER OOGAMI* KAZUYA HEISST.

(*JAPANISCH: WOLF)

DU KENNST IHN?

ER IST IN JAPAN ALS BERÜCHTIGTER HYBRID-JÄGER BEKANNT, UND AUF UNSERER SICHERHEITSLISTE IST ER ALS SET-SPEZIALAGENT EINGETRAGEN.

SOWEIT WIR WISSEN, IST ER VOR ZWEI WOCHEN AUS JAPAN VERSCHWUNDEN. DIE ZEIT STIMMT MIT DEM VORFALL IM HAFEN VON BUSAN ÜBEREIN.

ER BENUTZT EINE UNGEWÖHNLICHE WAFFE... EIN SCHWERT MIT MEHREREN KLINGEN... DAS...

... FLYING BLADE...

... GENANNT WIRD.

SEIN SPITZNAME OOGAMI SOLL DAHER KOMMEN, DASS ER HYBRIDE EINER GEHIRNWÄSCHE UNTERZIEHT UND IN EINER ART RUDEL SEINE ZIELOBJEKTE JAGT.

ABER WIE HABT IHR SEINEN JETZIGEN AUFENTHALTSORT HERAUSBEKOMMEN?

DAS WAR SCHON SELTSAM...

VOR 20 MINUTEN HAT JEMAND AUF DIE RECHNER UNSERER WACHE UNMENGEN VON BILDERN DER ÜBERWACHUNGSKAMERAS EINER U-BAHNSTATION GESCHICKT, DIE ALLE KAZUYA ZEIGEN.

DADURCH IST UNSER SERVER ZUSAMMENGEBROCHEN... IM MOMENT VERFOLGEN WIR DEN SENDER ZURÜCK.

WAS IST MIT UNTERSTÜTZUNG?

UNSER TEAM IST SCHON LOSGEFAHREN, ABER DA SIE NOCH EINE WEILE BRAUCHEN, HABEN WIR SPEZIALEINHEITEN AUS DER UMGEBUNG ANGEFORDERT. SIE WERDEN IN DER BAHNSTATION AUF SIE STOSSEN. DAS KOMMANDO HABEN SIE.

TATÜ TATA TATÜ

OKAY!

LANGSAM... NERVT DAS ABER.

STÄNDIG TAUCHEN DIESE UNBEKANNTEN AUF.

HEY! WER SEID IHR?

WAS ZUM TEUFEL WOLLT IHR VON MIR, HÄ?!

GRABB

GRRRRR

BAMM

UFF!

ARGH!

TOCK

PAFF PAFF

GRRRRR

VER-DAMMT!

PAFF

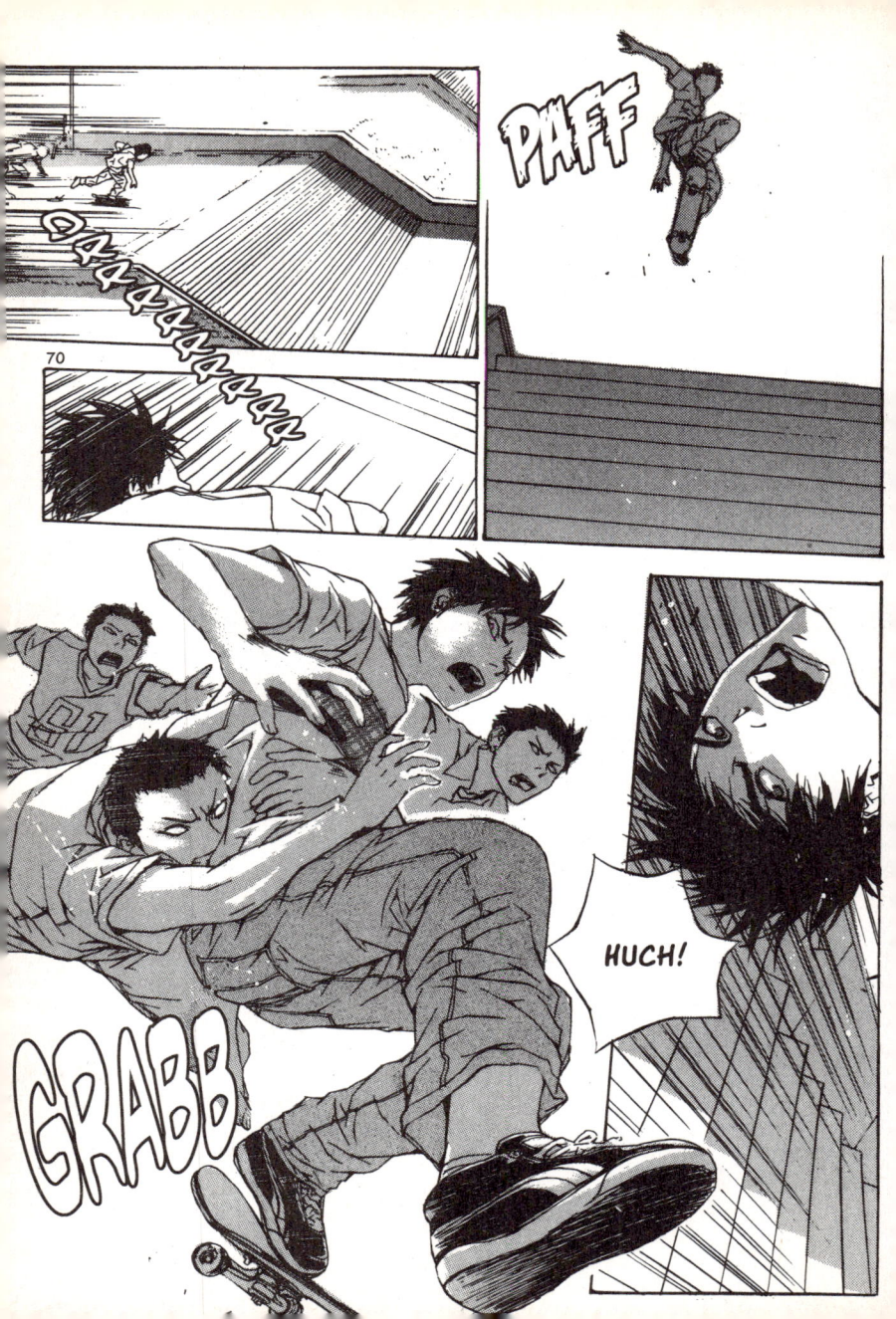

HUCH!

GRABB

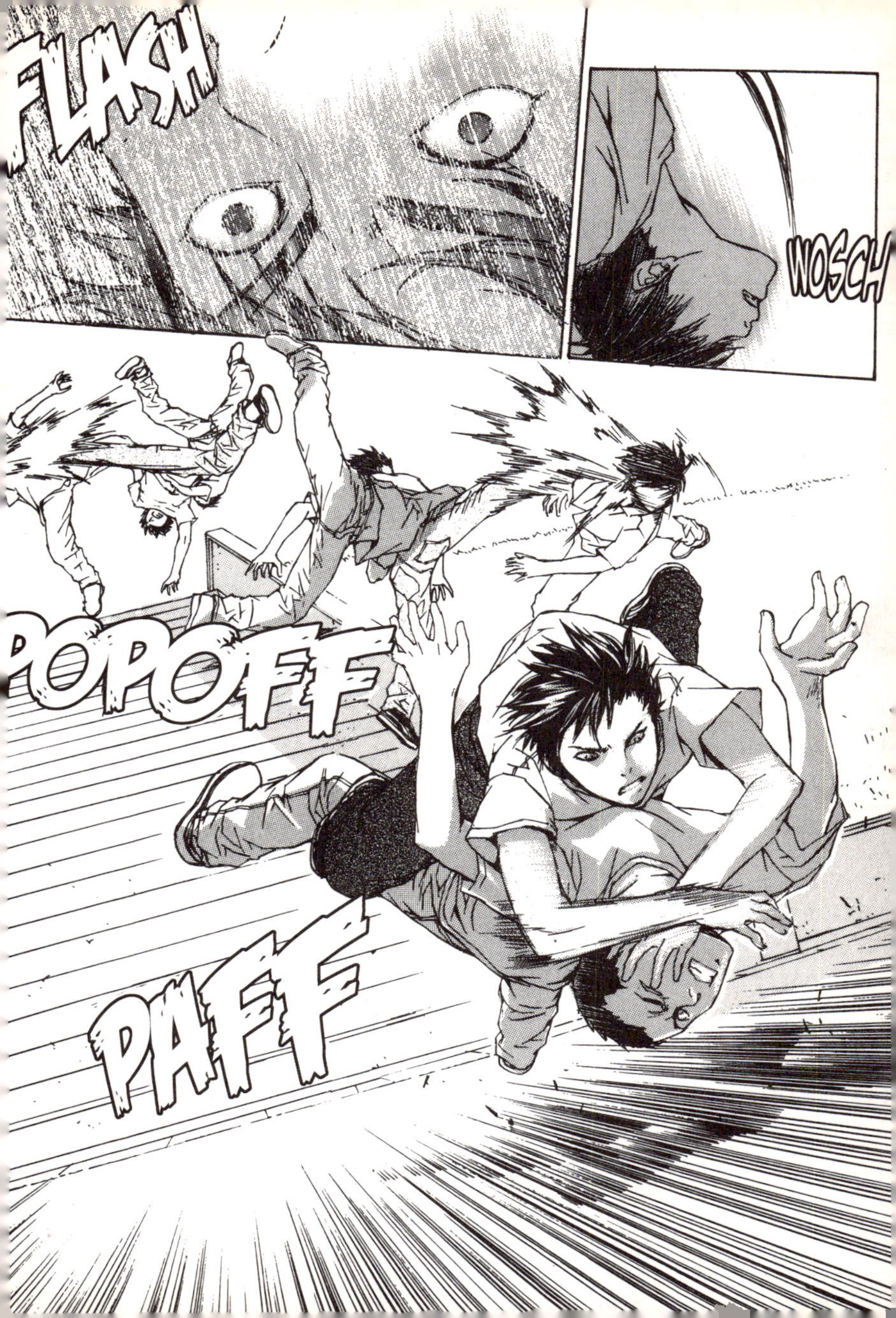
FLASH
WOSCH
POPOFF
PAFF

BANG

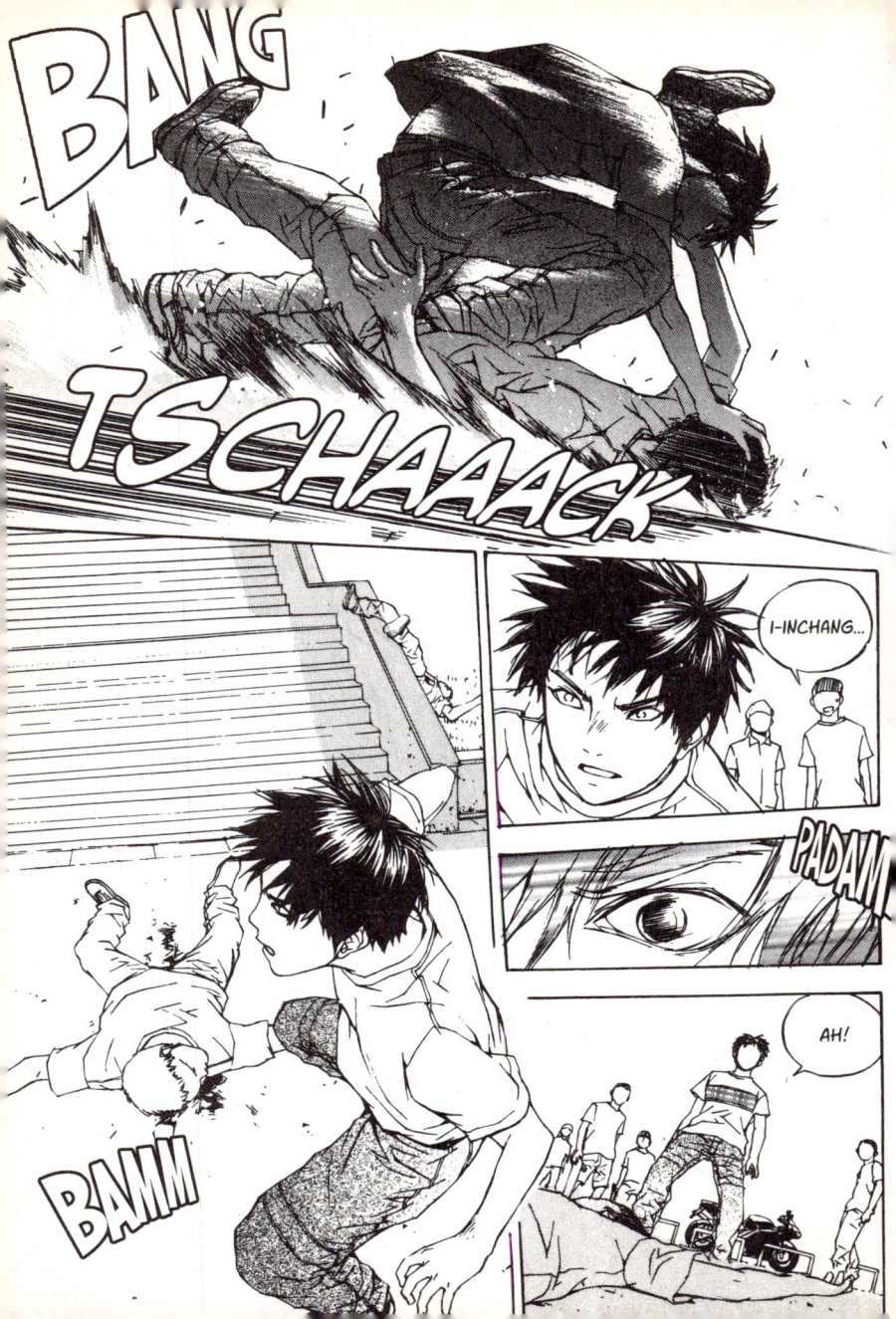

TSCHAAACK

BAMM

I-INCHANG...

PADAM

AH!

WAS IST PASSIERT?
ICH HAB GERADE...
DU WIRST ICH.
DU... WIRST STERBEN.
HEY, WAS IST PASSIERT?
INCHANG...
WRUMM
WRUMM
PAH!
WRUUUMM
VER-DAMMT!

RATTER

RATTER

RATTER

RATTER

DIE NÄCHSTE STATION...

Log_29 END

NA JA... MIT EINEM SO GUT AUSSEHENDEN TYPEN WIE DIR WILL ICH JA AUCH SAUBER AR-BEITEN.
GUT, UNTER DIESEN BE-DINGUNGEN...
DEAL!

LOG_31; Deal

SRRRR

HEY, HEY, SLASH. WAS MACHST DU DENN DA?

DA DARFST DU DOCH NICHT AUSSTEIGEN....

IST ER ETWA DOCH NICHT HIERHER UNTERWEGS?

WENN ER BESCHEID WÜSSTE, WAS HIER LÄUFT, WÜRDE ER DOCH SOFORT HIERHER RENNEN...

PAH, WAR WOHL MEIN WUNSCHDENKEN, ALLE DREI AUF EINEN SCHLAG ZU ERLEDIGEN.

SLASH...

WAS HAST DU VOR?

TROTZ-DEM GUT.
WENN ICH HIER ZEIGE, WER DAS SAGEN HAT...
... WIRD ER ES AUCH NOCH EIN-SEHEN.
WOSCH
LÄSTIG, ABER ICH MUSS WOHL MEINE PLÄNE ÄNDERN.
KEINE BE-WEGUNG!!

TATATATA
POLIZEI!
NIEMAND RÜHRT SICH!!
?!
TATATA

TATATATA
KEINE BEWEGUNG!
POLIZE
KLICK
KLICK
KLICK
TATATA
KEINE BEWEGUNG!
BLA
BLA
WA-WAS?
HÄNDE HOCH!
LOS!
BLA
BLA
?
WOW... EINE SPEZIALEINHEIT!

BITTE TRETEN SIE ZURÜCK! ES IST GEFÄHRLICH!
DIE POLIZEI FÜHRT HIER EINE OPERATION DURCH!
BLA
BLA
WAS IST DA LOS?
?
HÄNDE AUF DEN KOPF UND RUNTER AUF DEN BODEN!
KAZUYA!
MINA...
?
WIE KANN DIE POLIZEI...
WIE KANN DAS SEIN?

AH...
WAS MACHST DU DA? WIR MÜSSEN UNS BEEILEN...
WAS WOLLEN DIE GANZEN LEUTE DA? IST WAS PAS-SIERT?
KEINE AHNUNG.
DA PRÜ-GELN SICH VIELLEICHT EIN PAAR KERLE.
NECO!
PAFF
KEINE BE-WEGUNG!!
WENN DU BIS DREI NICHT AUF DEM BO-DEN LIEGST, SCHIESSEN WIR!
UFF!

EINS!

IHR UNFÄHIGEN BULLEN...

ZWEI!

JAPANISCH?

WIE KANN ER SICH ÜBER DIE SPRACHEN HINWEG, DIE WIR GAR NICHT VERSTEHEN, VERSTÄNDIGEN?

WIE IST DAS NUR MÖGLICH?

WIE KÖNNT IHR ES WAGEN...

DAS IST NICHT NORMAL.

ES WIRD GEFÄHRLICH!

... EUCH IN MEINE ANGELEGENHEITEN EINZUMISCHEN?!

GRRRRRRR

PAPANG

RATATAT

PANG

ARGH!
ARGH!
RATATAT
FF!
PANG PANG PANG
RGH!
SCHNAPP DIR KAZUYA!
OKAY!
!

FLYING BLADE!!

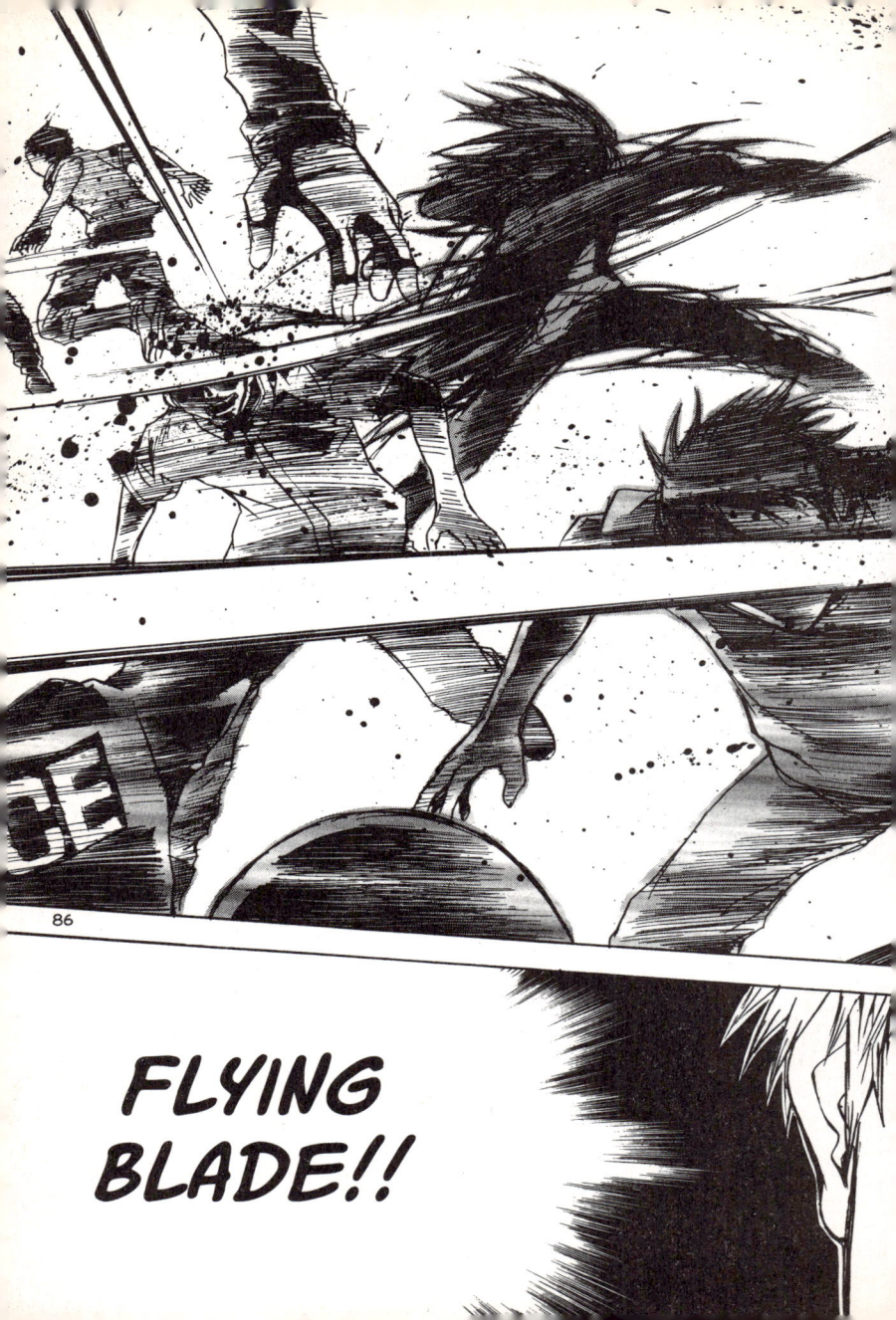

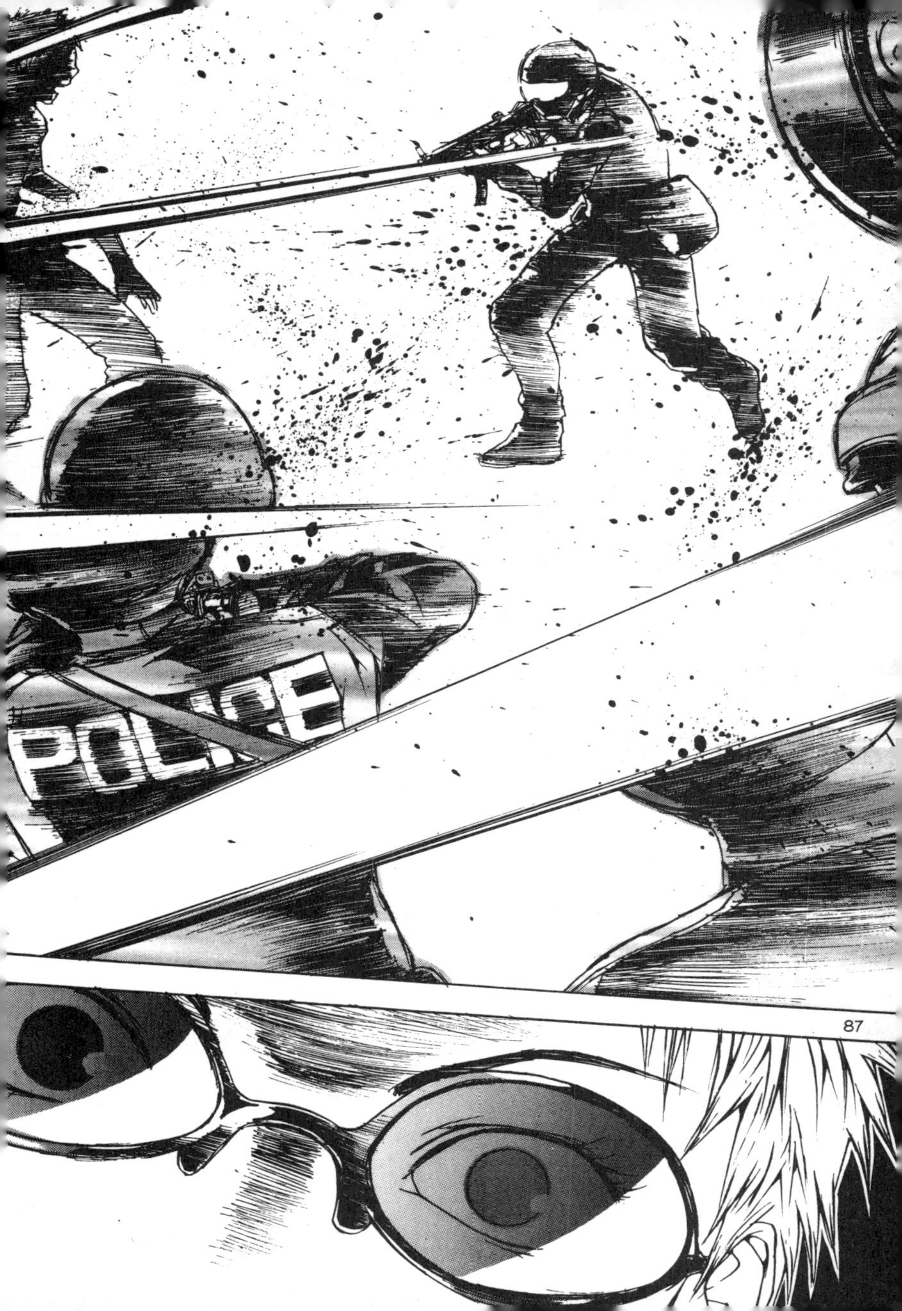
POLICE

LIIIEBLING... ♡
HIER...
WANN BIST DU...
ZACK
AH!
ZAZASCH
HÄ?!
HEY! WAS SOLL DAS DU ARSCH
WIE UNVER-SCHÄMT!
ZACK
!!
AAAAH!!
PANG
PANG
KLACK

HEY! WAS IST DA LOS?

AAH!!

?

D-DER KOPF IST EINFACH WEGGEFLOGEN...

WUOSCH

H-HEY...

MÜSSEN WIR NICHT DIE POLIZEI RUFEN?

HÄ?

?

NECO...

DRRR

SLASH!

WRRRUMM

AAAAAH!!

WUUUAH! MEIN ARM!

AAARGH!!

UARGH! ARGH!

WOMIT HAT ER DAS GETAN? MAN KONNTE NICHTS SEHEN... VIELLEICHT...?

JA... FLYING BLADE. HAB'S JETZT AUCH ZUM ERSTEN MAL GESEHEN.

VERDAMMT! ES IST VIEL ERNSTER ALS ANGENOMMEN.

RAUSCH?

HIER ZENTRALE!

ICH FORDERE ALLE IN SEOUL VERFÜGBAREN POZEIEINHEITEN FÜR EINEN NOTFALL A...

ZENTRALE! HIER IST S1!

BAMM

HH....
HH....
HH....

TACK

HH....
HH....

JA? WOLLEN WIR WETTEN?

ACH WAS, ICH SA DOCH, DASS NICHT KOMM WIRD...

JIHA, D WEISS JA NICH WIE STU INCHAN IST...

HÄ?

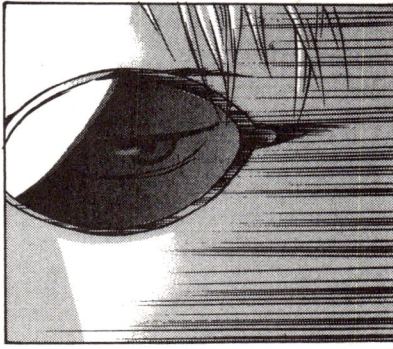

DAS IST DOCH...

?

WRULLLLLLL

IN... CHANG?

?!

MINA!

WRUUUMMM

HIUUUUUUP

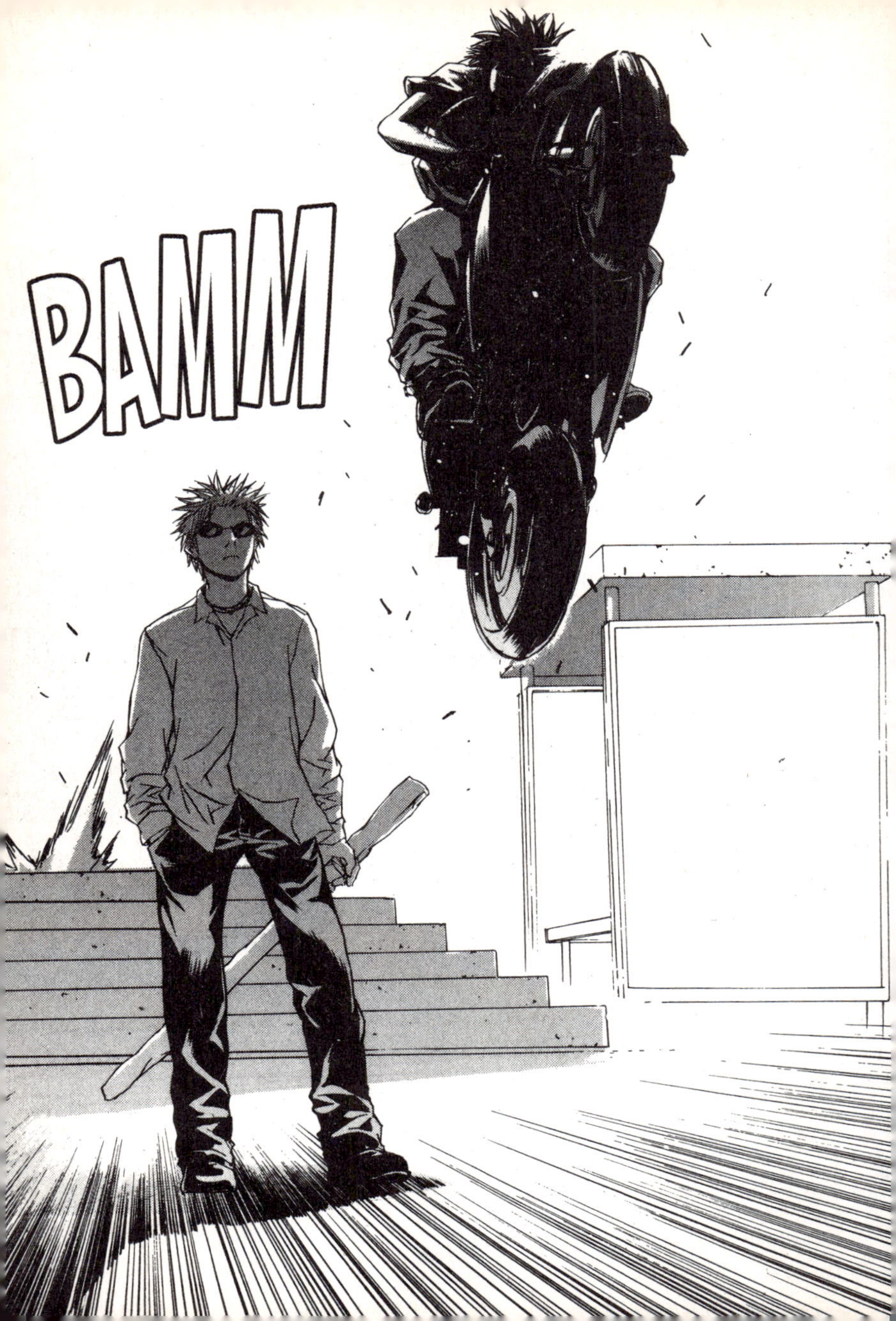
BAMM

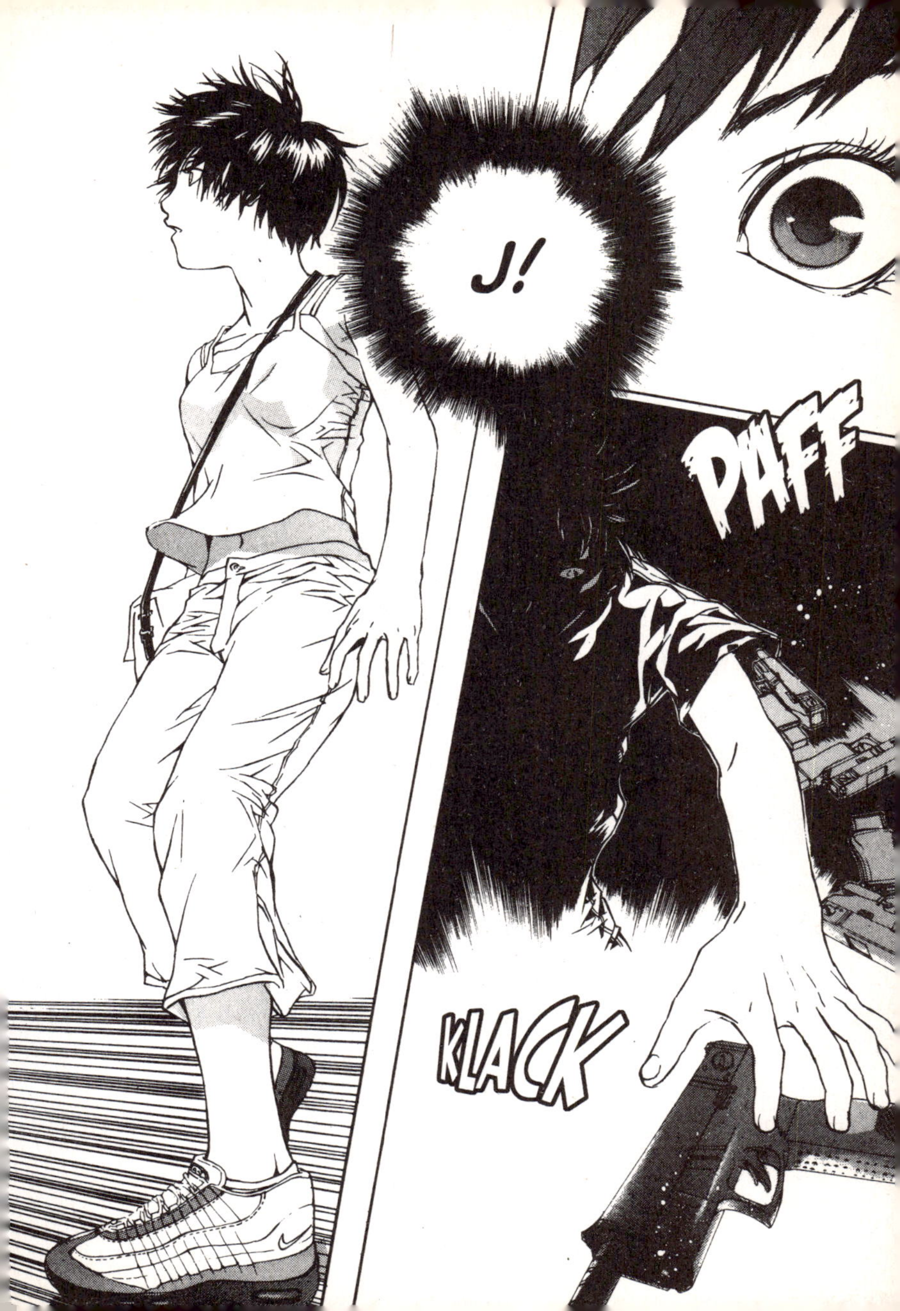

J!
PAFF
KLACK

TATACK

Log_31 END

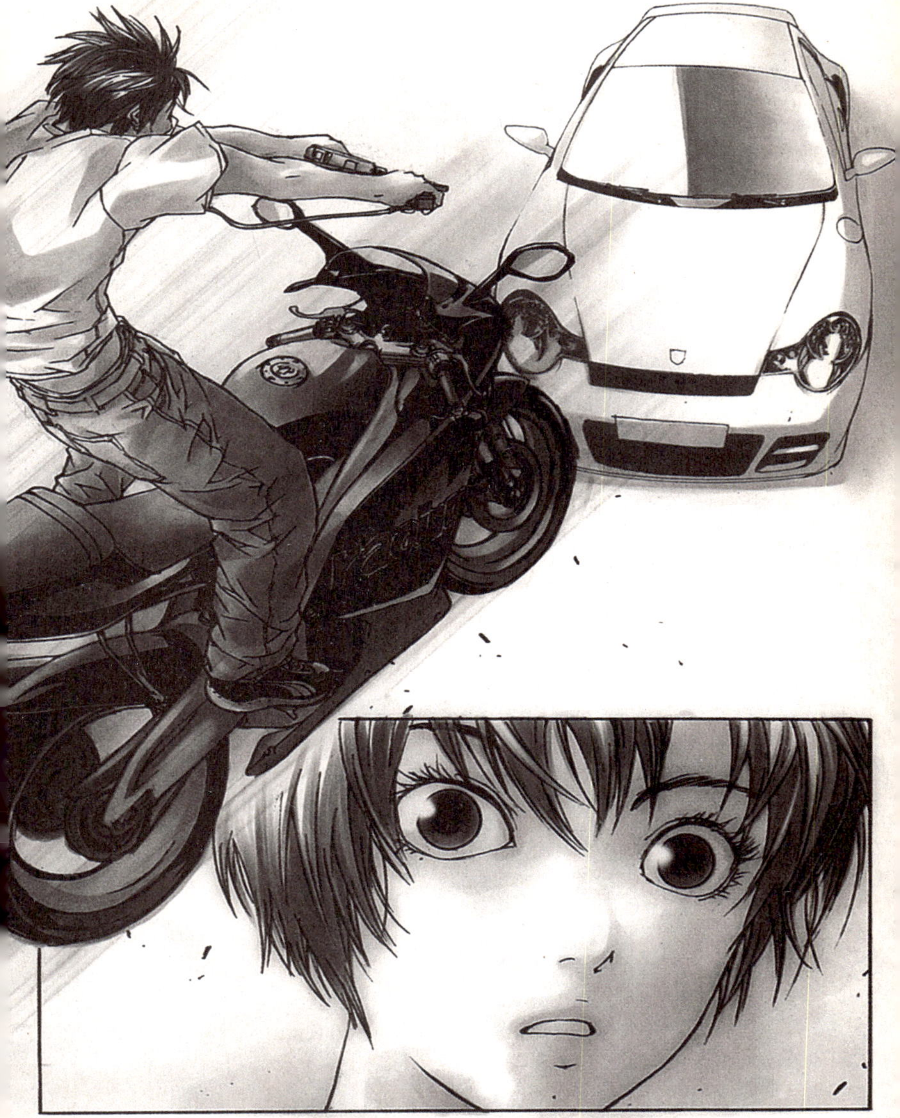

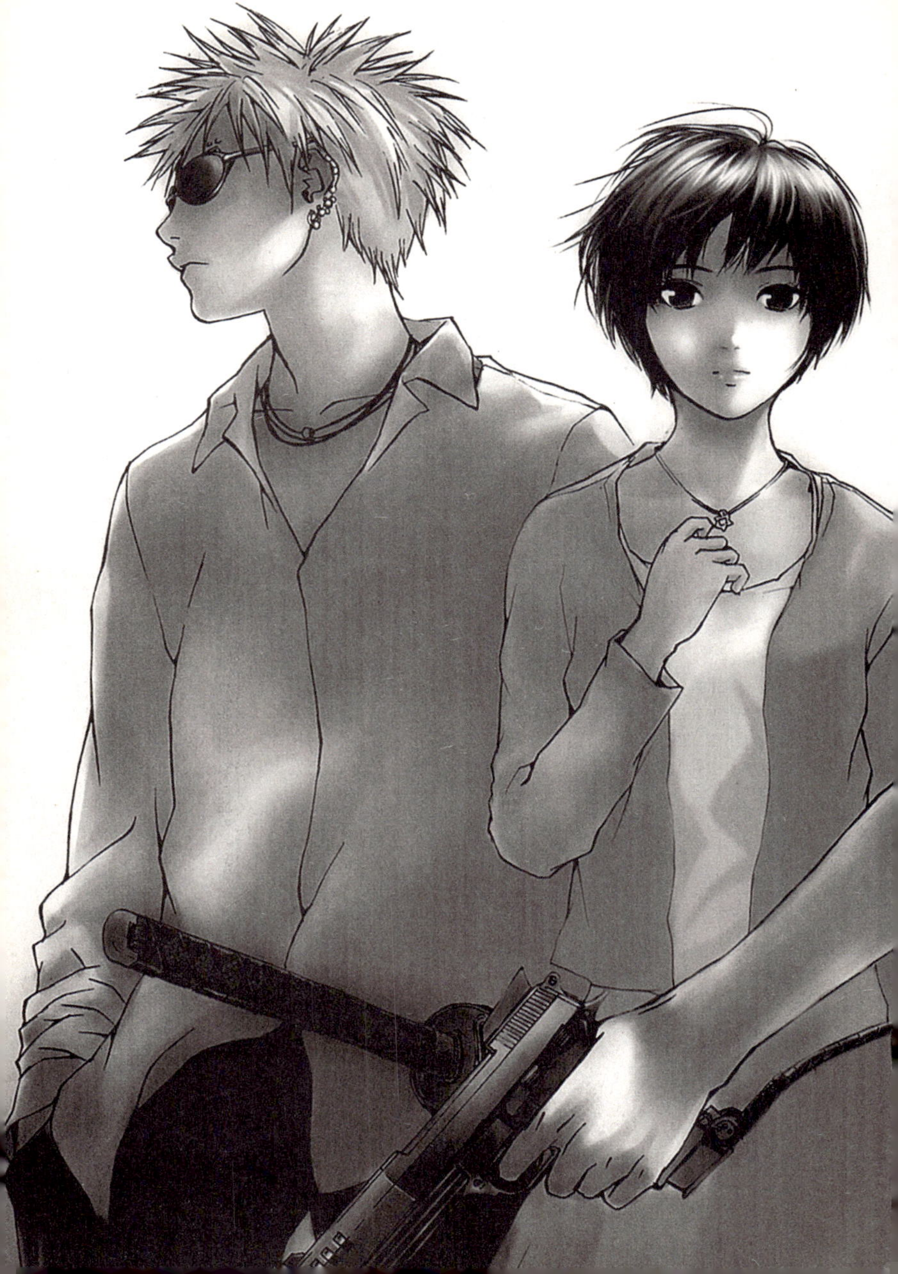

LOG_32; Return of J

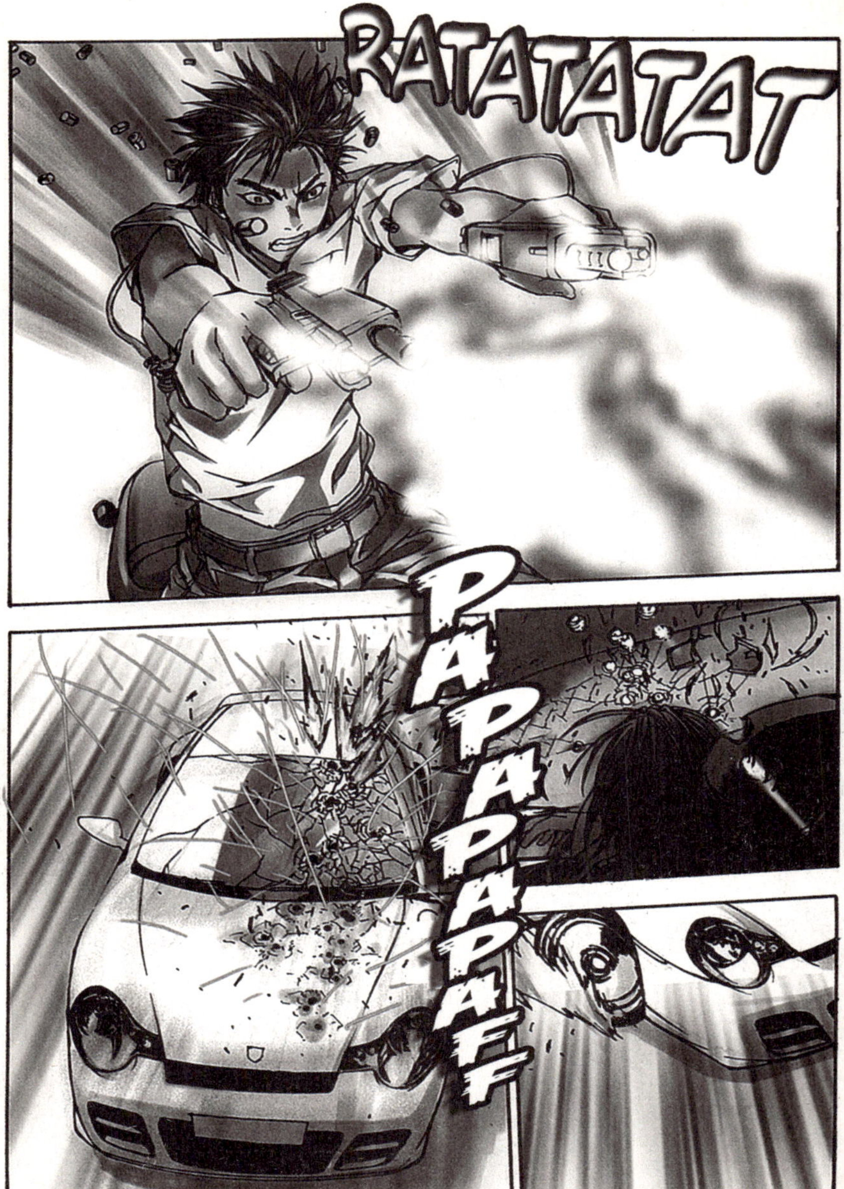
RATATATAT
PAPAPAPAPAFF

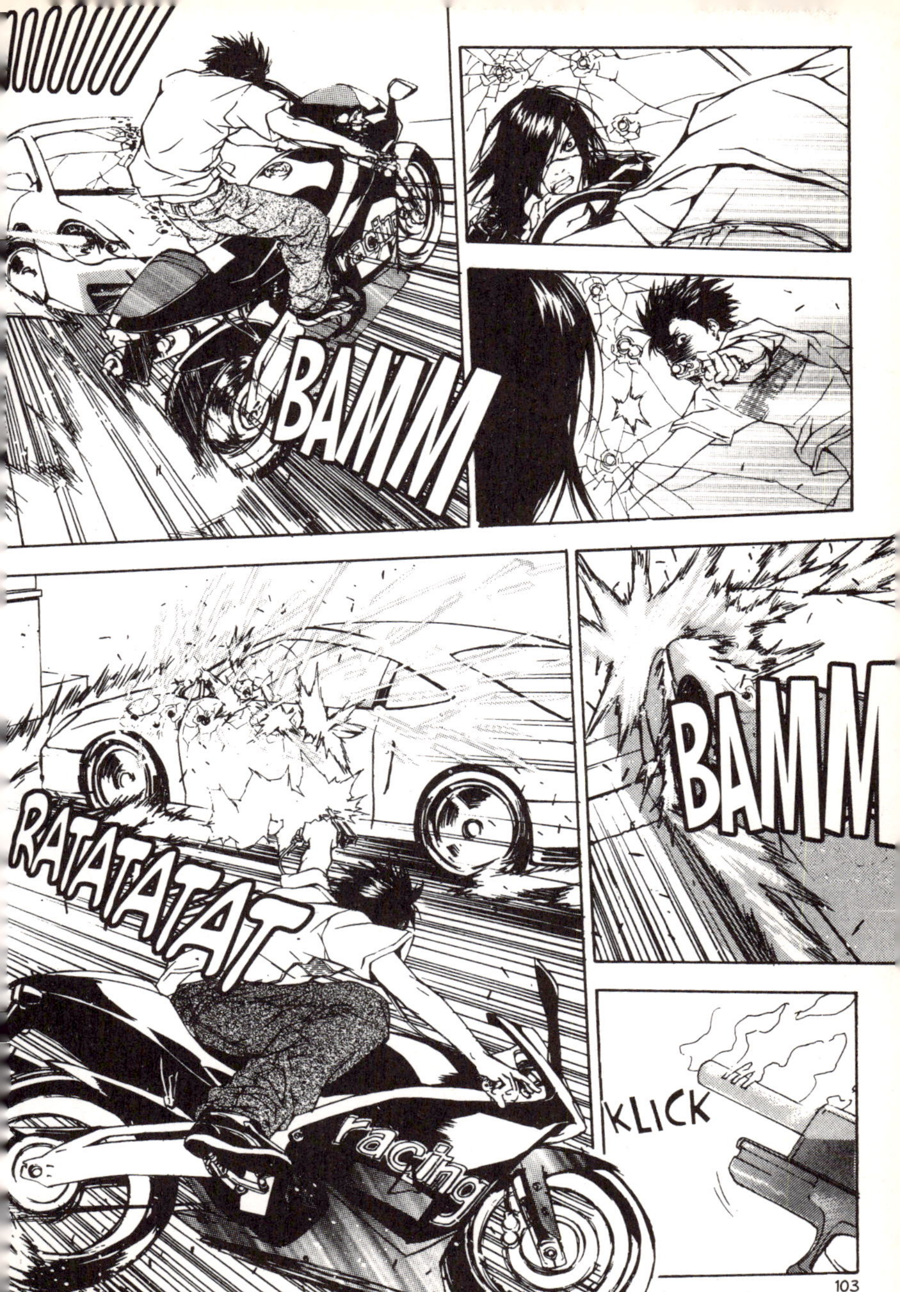

BUMM

AAAH!

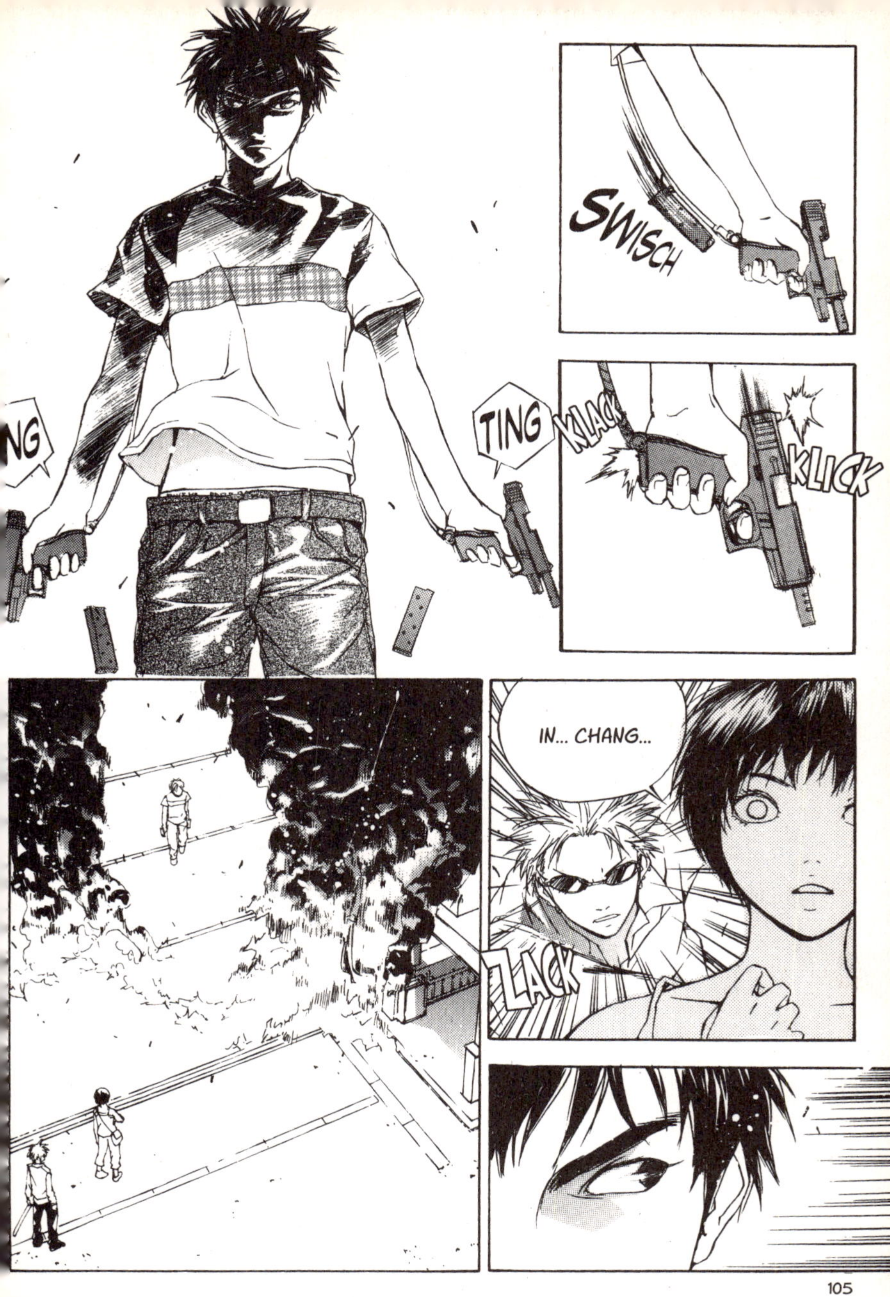
SWISCH
KLACK
KLICK
TING
NG
IN... CHANG...
ZACK

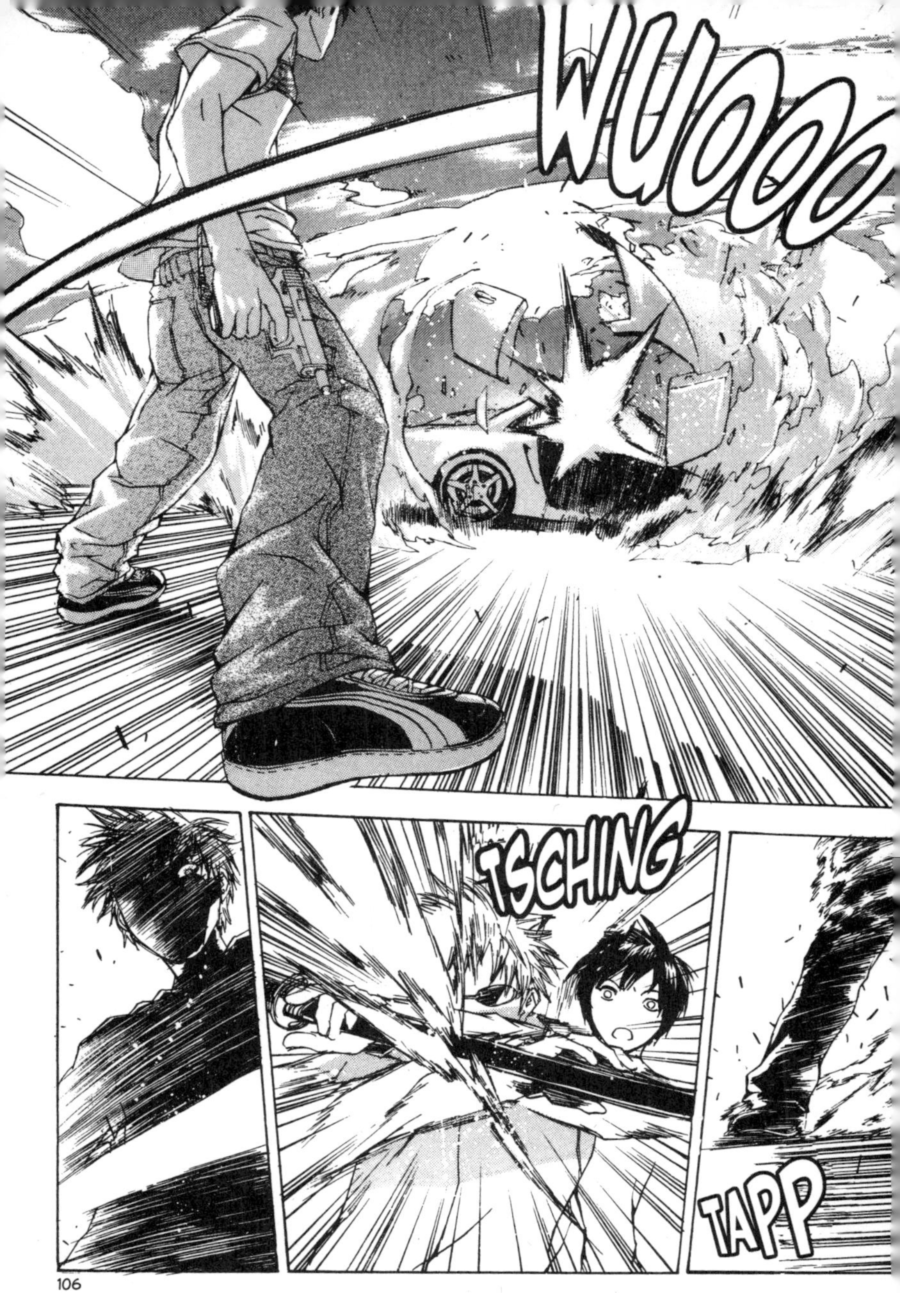
WUOOO
TAPP
TSCHING

GRRRRRR!

VER-
DAMMT
!

KLICK

KATATATAT

TAPAPAFF

ARGH!

PAFF

SWISCH

KLACK

RITSCH

SWISCH

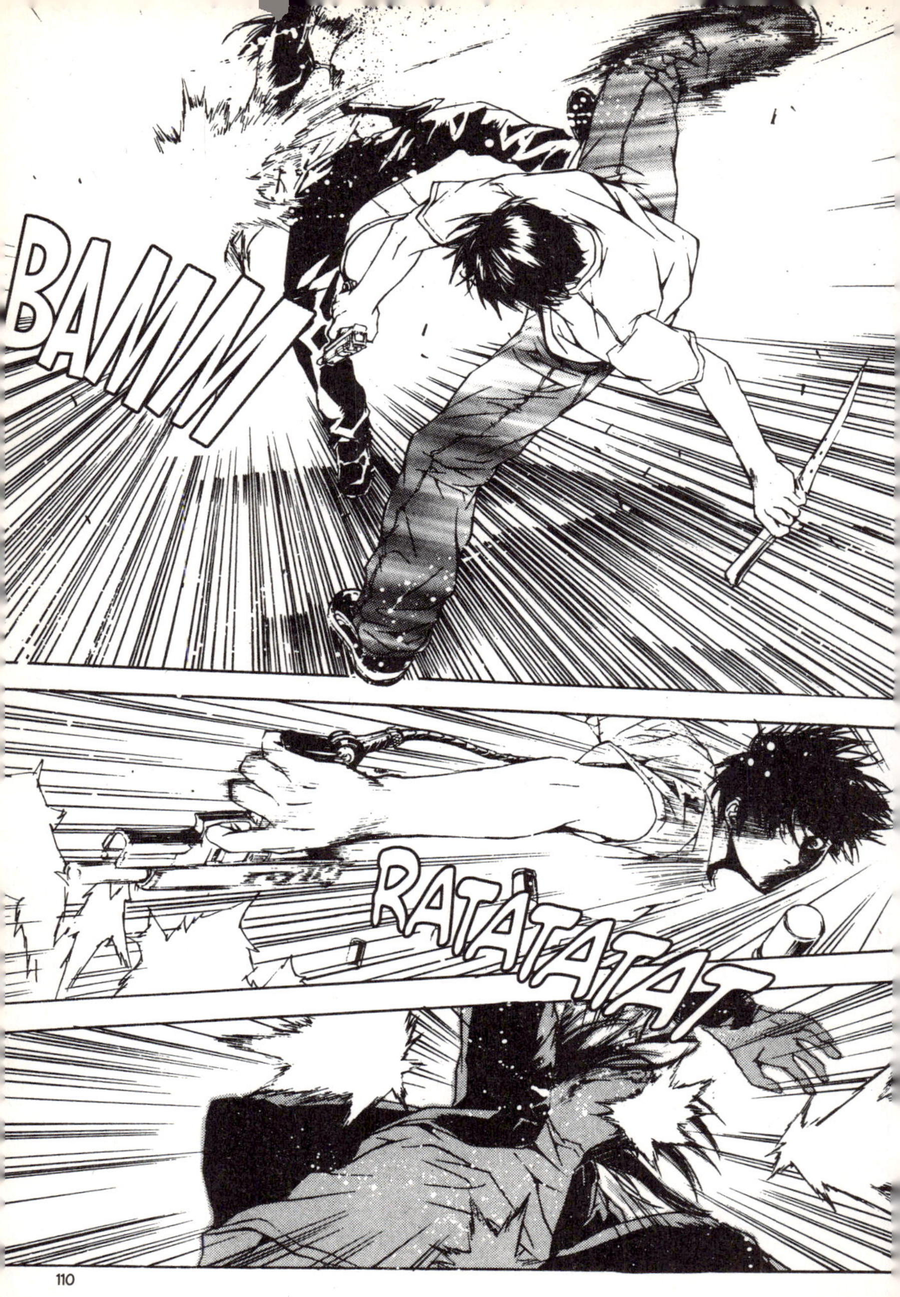
BAMM
RATATATAT

KABUMMM

TAPP
TAPP
TAPP

I-INCHANG...

?!

DAS IST NICHT INCHANG!

SLASH.

BRING KALI IN SICHERHEIT.

ICH WERDE HIER...

WAS WIRST DU HIER?

ST OFFENBAR
RST EINEN TAG
IER, DASS DU
AUFGEWACHT
BIST...

WAS HAST DU DENN...

... ALS BLUTIGER ANFÄNGER SCHON VOR?!

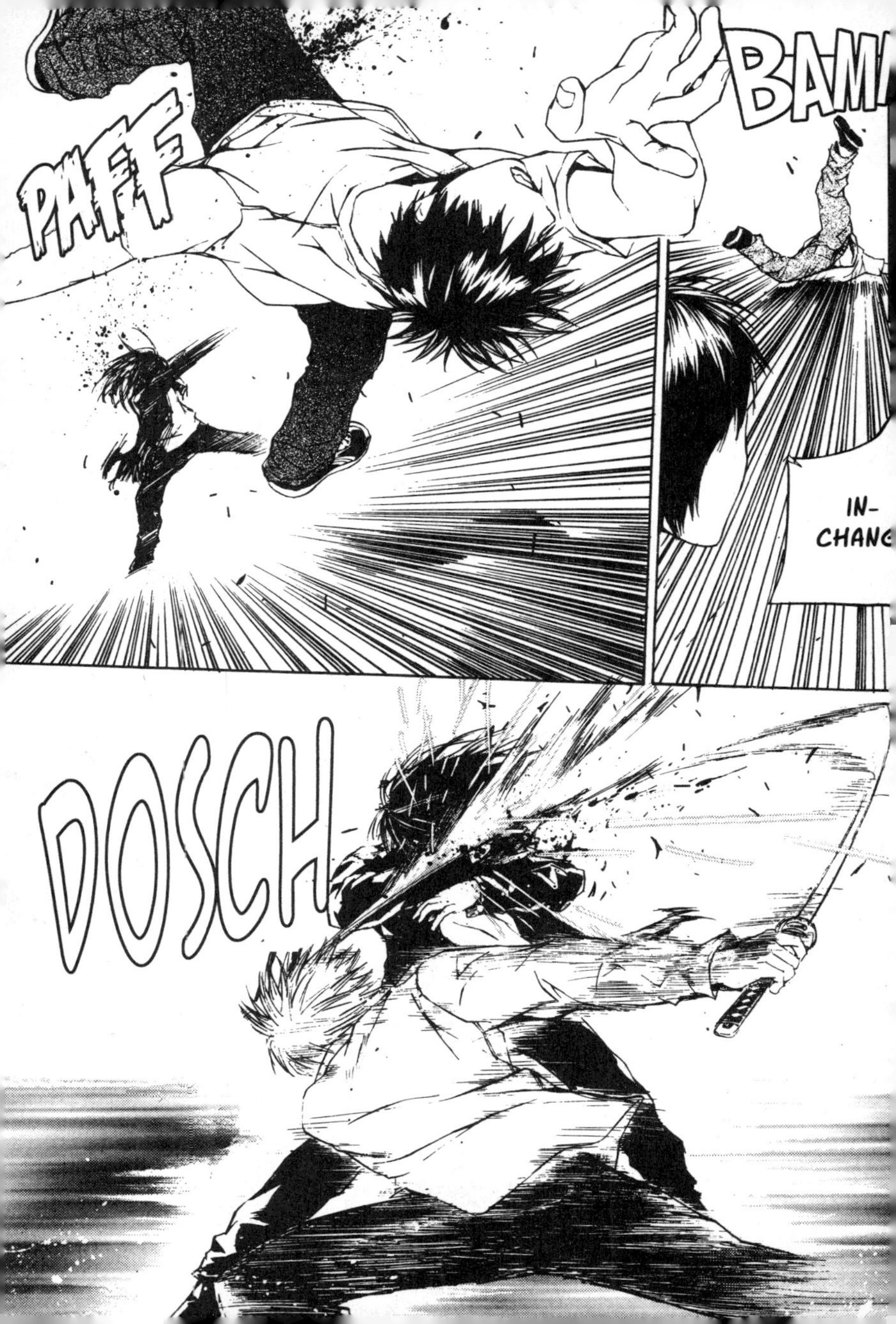
BAM
IN-
CHANG
PAFF
DOSCH

TACK

TSCHACK

BAMM

...

OHO... DAS KANN NUR SLASH SEIN.

DAS ERINNERT MICH AN FRÜHER...

INCHANG! WACH AUF!

HUP HUP HUP

BLA BLA BLA

INCHANG!

WRUMM

?

WRULUMM

UM DIE SACHE LEISE ÜBER DIE BÜHNE ZU BRINGEN, HATTE ICH EINEN TEUREN KÖDER AUSGELEGT, ABER DU MACHST ES KOMPLIZIERTER, ALS ES SEIN MUSS, SLASH.

NA JA, SO MACHT ES MIR ABER AUCH MEHR SPASS...

HEHEHE

...

AAAH!!

ZACK

TSCHING

PAFF

IMMER NOCH SO UNGEDULDIG, SLASH... ICH HATTE NOCH NICHT ZU ENDE GEREDET.

DIE SET-ZENTRALE HAT MIR NUR DEN BEFEHL GEGEBEN, KALIS EXISTENZ ZU ÜBERPRÜFEN UND BERICHT ZU ERSTATTEN.
KEIN WORT ÜBER DIE GUARDIANS. VERSTEHST DU, WAS ICH DAMIT SAGEN WILL?
ICH DARF MIT EUCH MACHEN, WAS ICH WILL.
...!
...!
MIT KALI BIN ICH JA JETZT FERTIG...
JETZT KOMMT DER SPASS DRAN.
ICH WEISS ZWAR NICHT WAS DU MIT D SER LISTIGE KATZE AUSG HECKT HAST U WARUM DU MI HIERHER GE LOCKT HAS

... ABER ES WAR EIN FEHLER.

VERSTEHST DU IMMER NOCH NICHTS? ALLEIN DIE TATSACHE, DASS ICH, KAZUYA, MICH IN SEOUL BEFINDE...

... BEDEUTET EUREN UNTERGANG!

WRUUUUUMMM
TATÜ
TATA
TAT
KAZUYAS AKTUELLER AUFENT-HALTSORT IST IN DER NÄHE VON AUSGANG VIER DER BAHN-LINIE FÜNF.
BEI DER NOTRUFZEN-TRALE UND DER FEUERWEHR GINGEN MEH-RERE ANRUFE VON ZEUGEN EIN.
ZEUGEN?
ER MUSS MIR GAR NICHT MEHR SAGEN, WO ES IST.
HÄ?

UND UNTER-STÜTZUNG?
ZWEI SCHWER BEWAFFNETE TRUPPEN DER SPEZIALEINHEIT UND DREI POLIZEIEIN-HEITEN SIND SCHON UNTER-WEGS. HELIKOPTER SIND AUCH IN DER LUFT. SIE WERDEN SIE BALD SEHEN KÖNNEN.
KAMPFFLIEGER SIND AUCH UNTER-WEGS. SIE WERDEN BALD ANKOMMEN.
FLAPP FLAPP FLAPP
GUT!
GEHEN WIR AUF WOLFS-JAGD!

AAAH!!

LASS LOS!

TROPF

?!

KEUCH!!

KEUCH!

KRRR---!

Log_31 END

LOG_33; Descent of the Goddess (1)

I-INCHANG...

TSCHING

PSCHHHH

BAMM

GRRRRRRR

KLACK

TACK

WOSCH

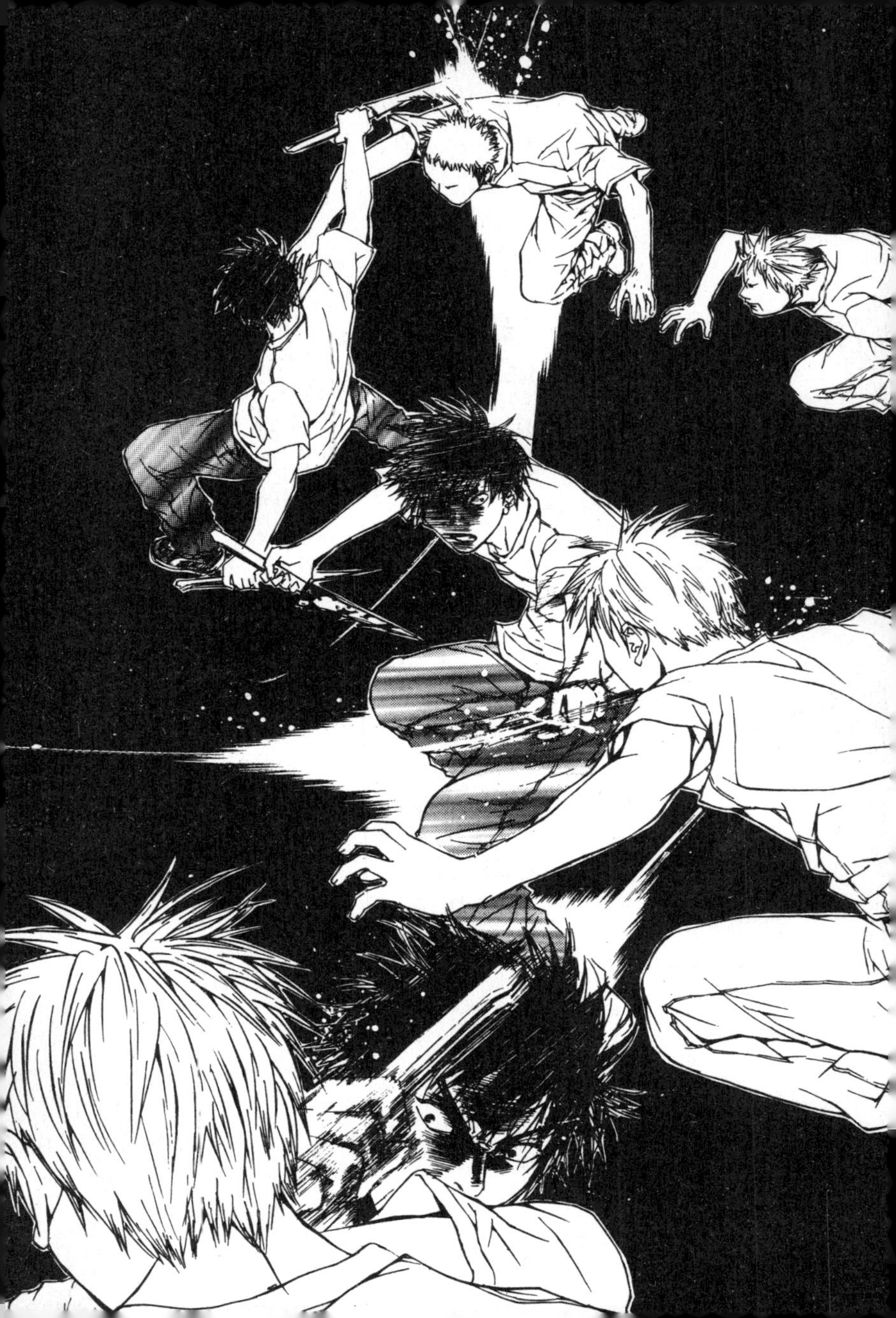

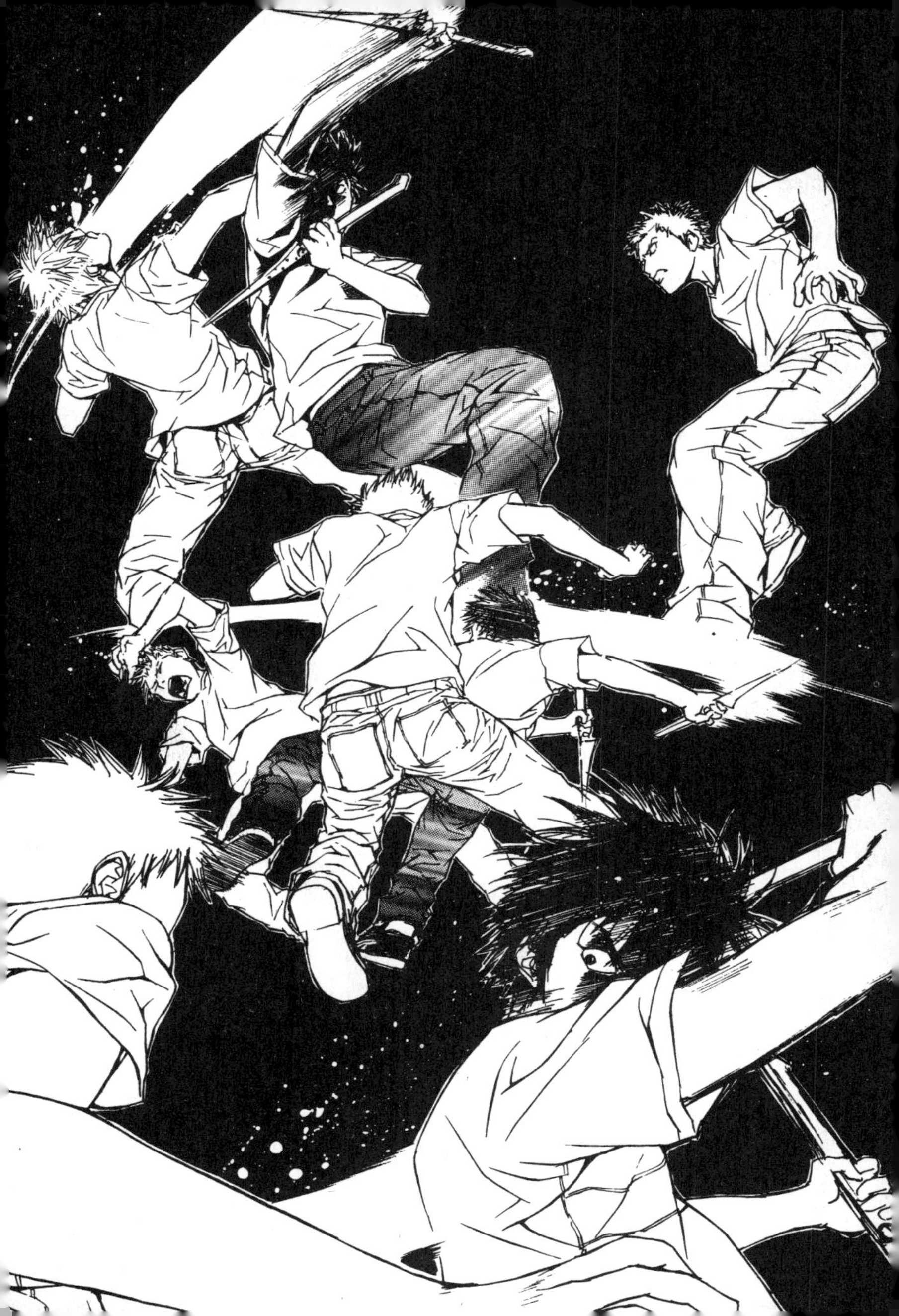

TSCHACK

BAMM

AAAH!!

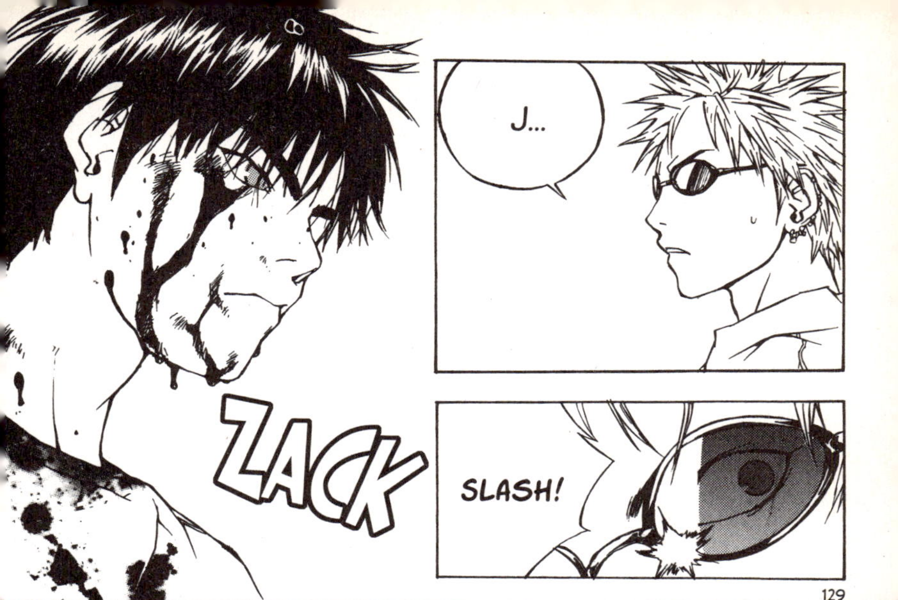
J...
SLASH!
ZACK

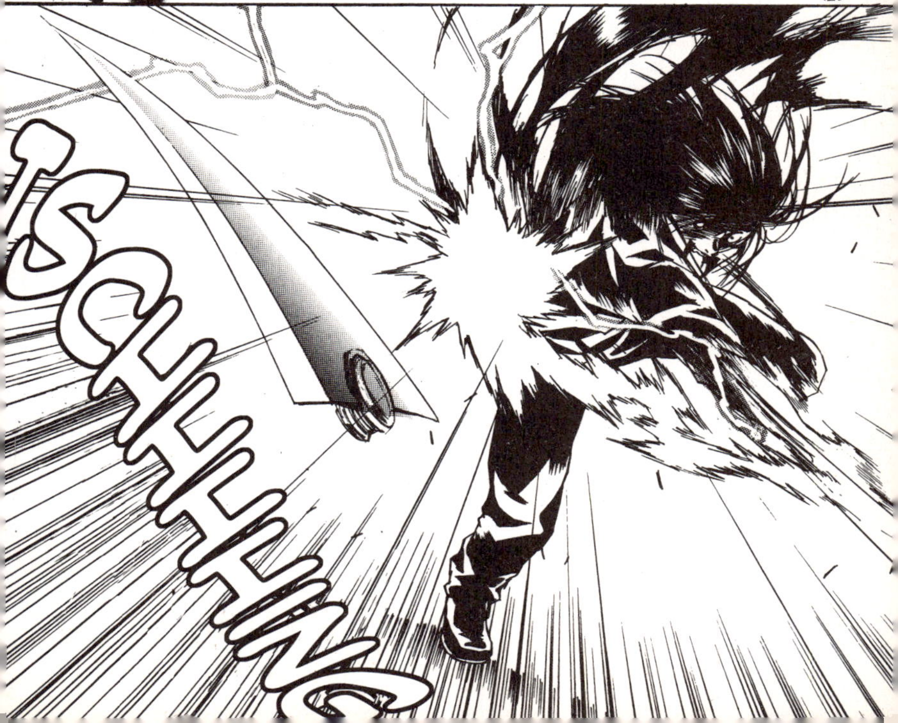
TSCHIIING

TSCHING

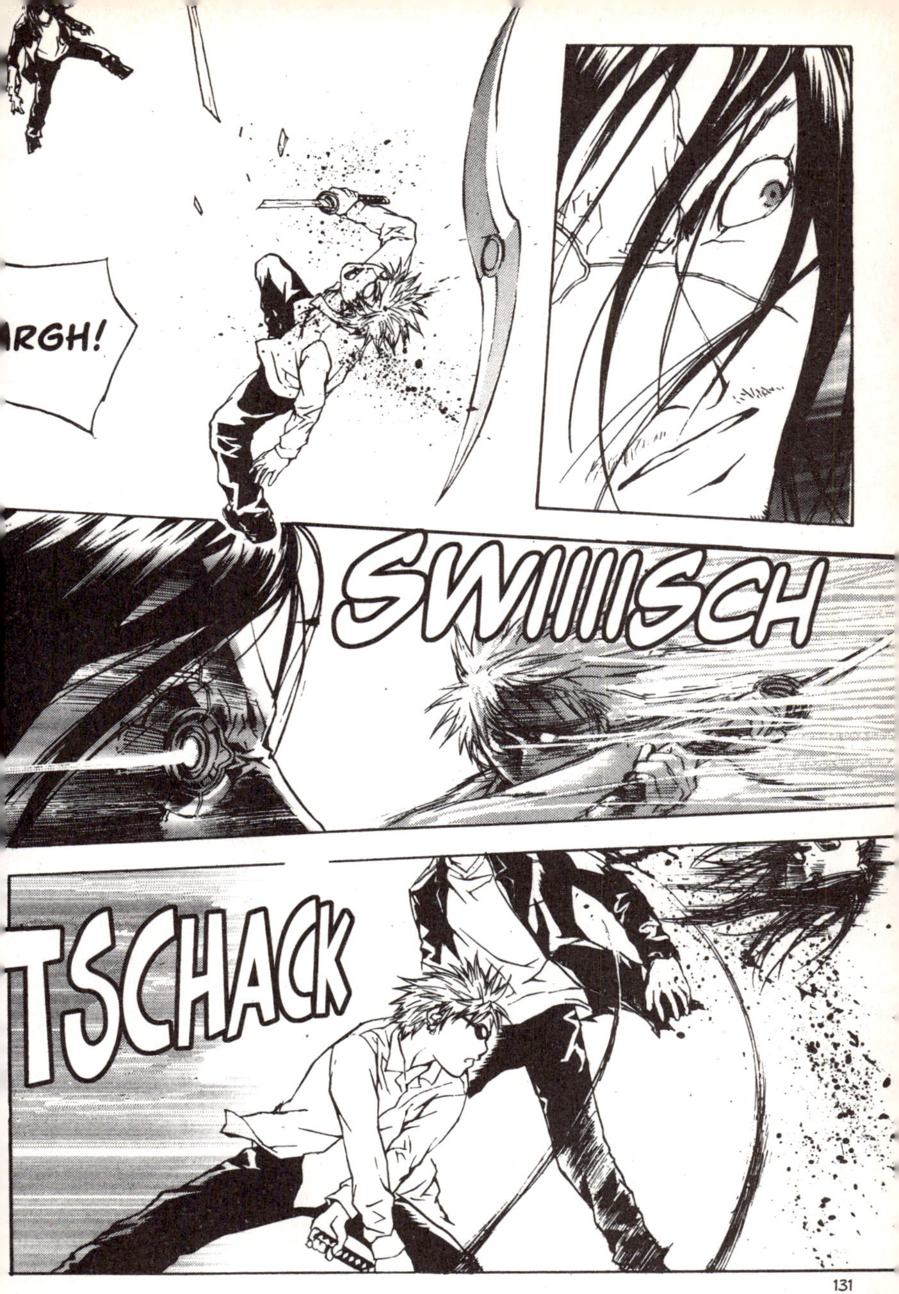
RGH!
SWIIIISCH
TSCHACK

HI!

TA TA TA TA TA TA

TSCHING

PUAFF

TSCHACK

KLACK

ARGH...

AAARGH!

HEHEHE... SLASH...

DU ERINNERST DICH WOHL NICHT MEHR, WEIL'S SO LANGE HER IST, WAS?

SIEH HER... DU HAST MICH ZU DEM GEMACHT, WAS ICH BIN.

SO WAS KANN SICH DOCH NUR EIN DURCHSCHNITTLICHES GEHIRN AUSDENKEN...

TSCHING

PAFF

SO, JETZT...

... REISS ICH DICH IN STÜCKE!!

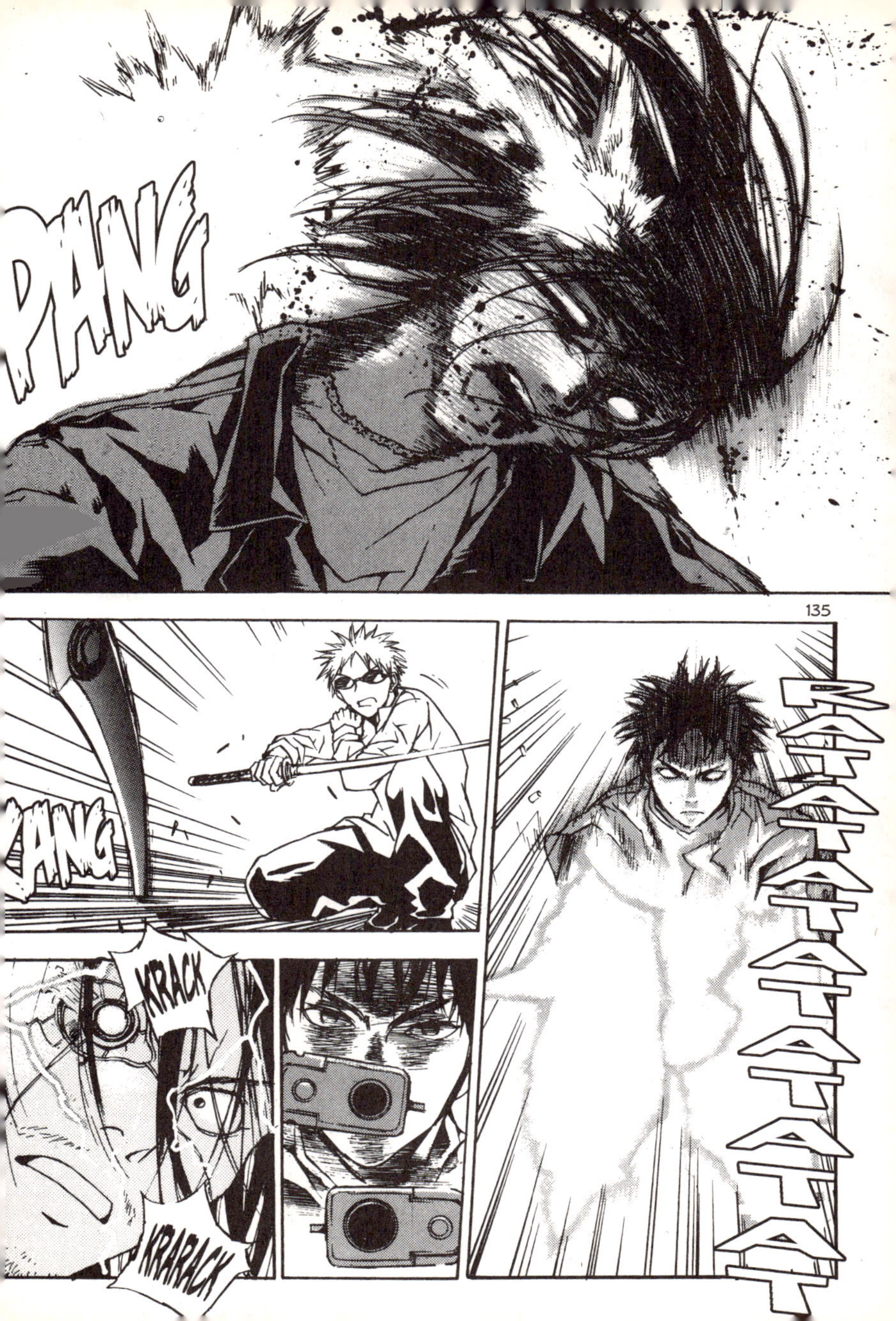
PANG
ANG
RATATATATATATAT
KRACK
KRARACK

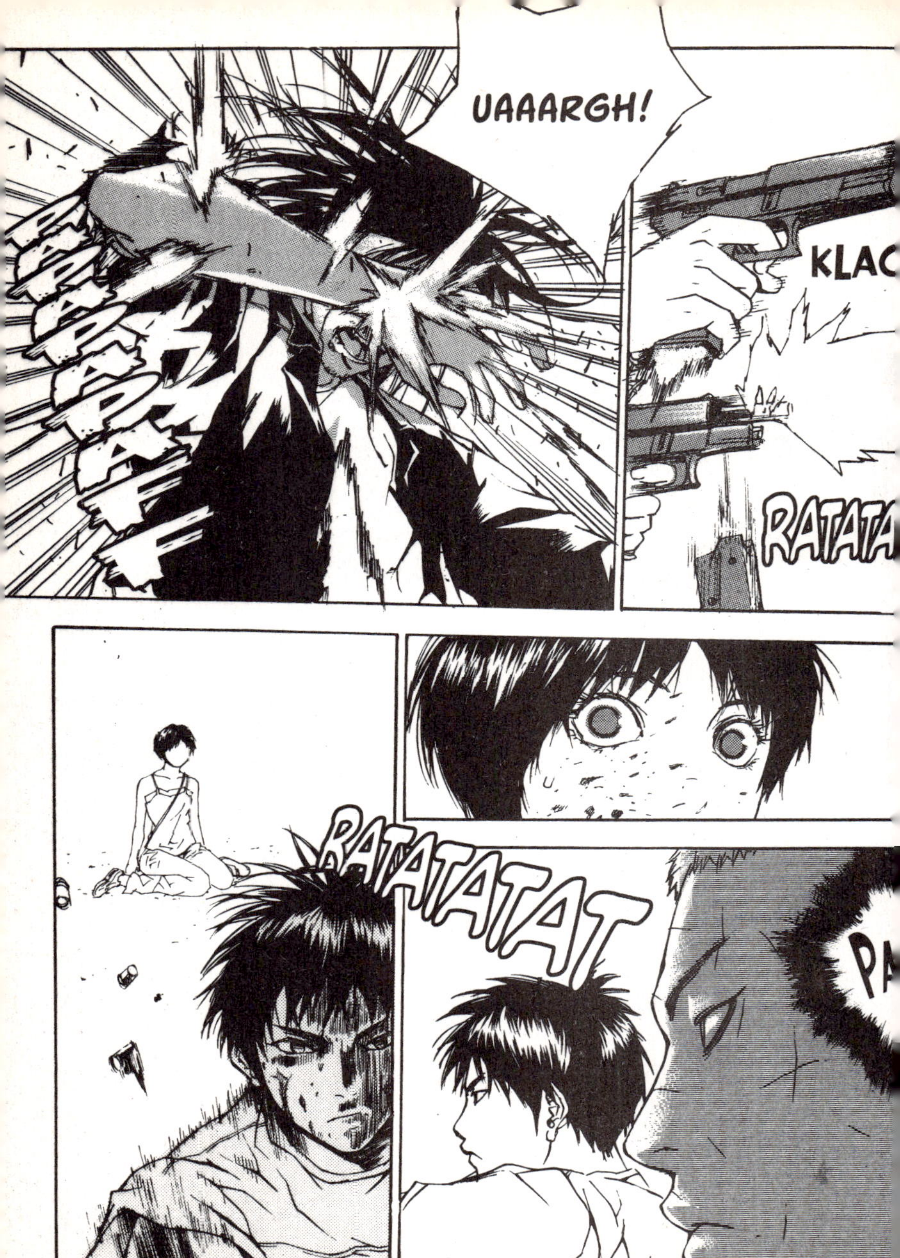
UAAARGH!
PAPAPAFF
KLAC
RATATA
RATATATAT
PA

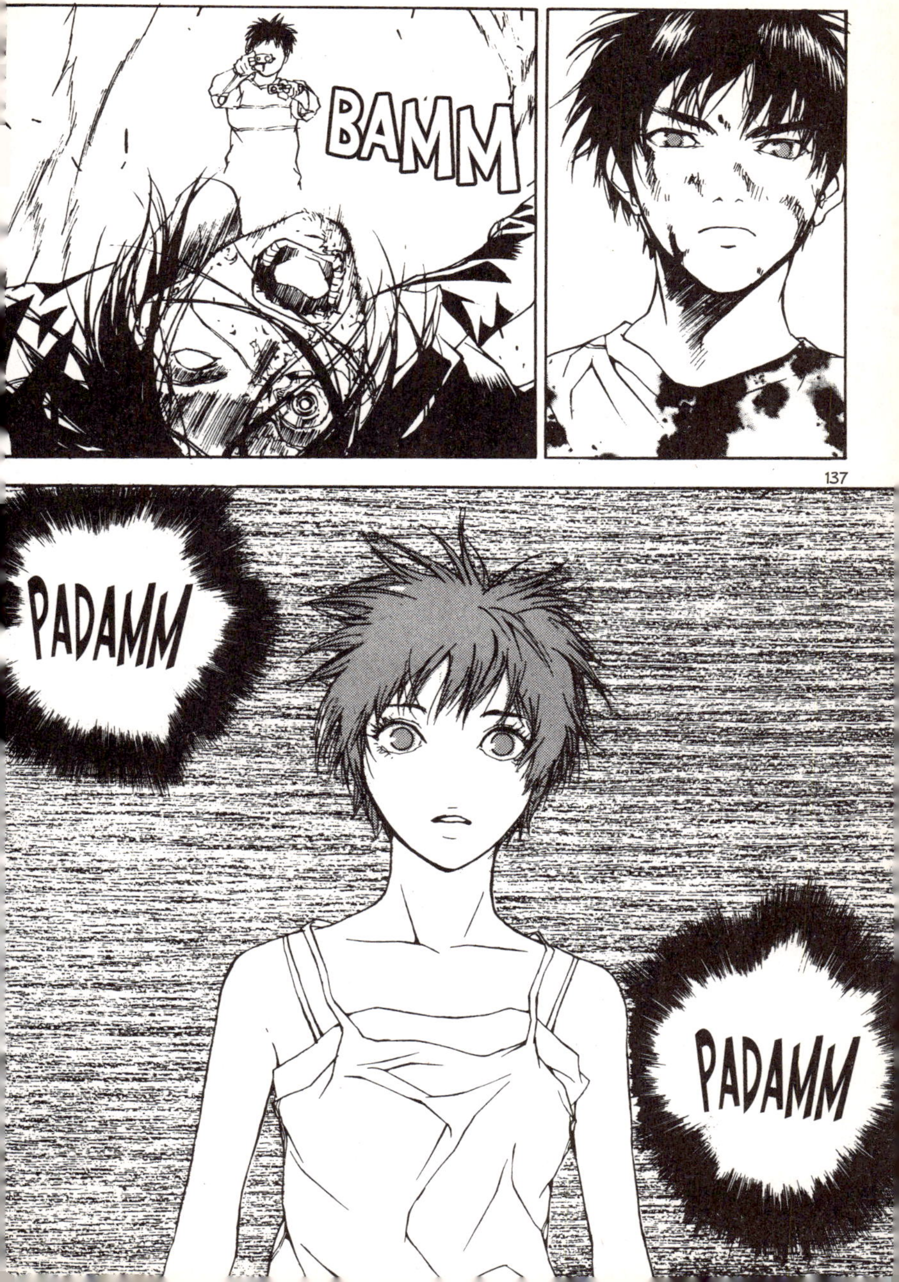
BAMM
PADAMM
PADAMM

FLAPP FLAPP FLAPP FLAPP FLAP

?

TATATATA
HIER IST DIE POLIZEI!
TATATA
KEINE BEWE-GUNG!
TATATATA
KLACK

(Panel text only)

WAS IST PASSIERT?

DIESER JUNGE!

ALLES IN ORDNUNG?

?

SIE HAT WOHL EINEN SCHOCK.

HEY, KLEINE...

SWISCH

TSCHIIIIING

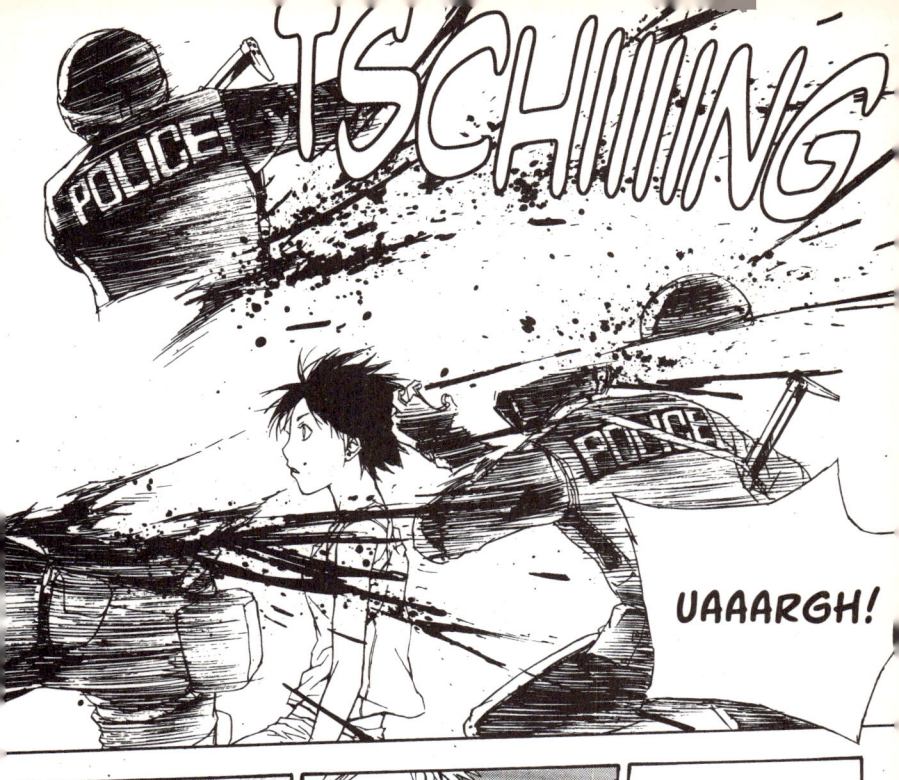

UAAARGH!

PADAMM

IHR SEID DOCH BLOSS KALIS KÖTER!

DANN BRING ICH JETZT MAL EUER FRAUCHEN UM!!

PAFF

PAPAFF

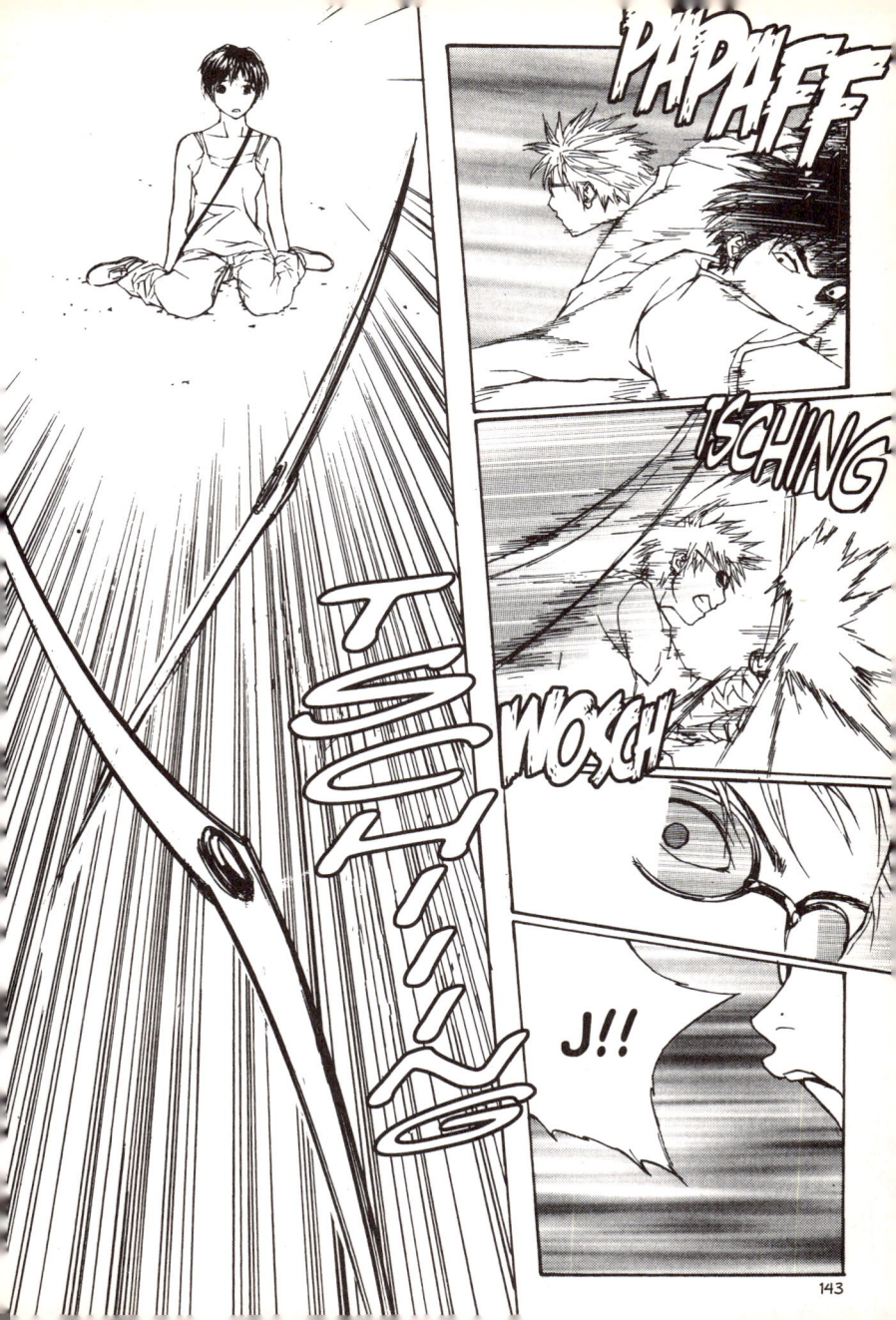

ISCHING

WOSCH

J!!

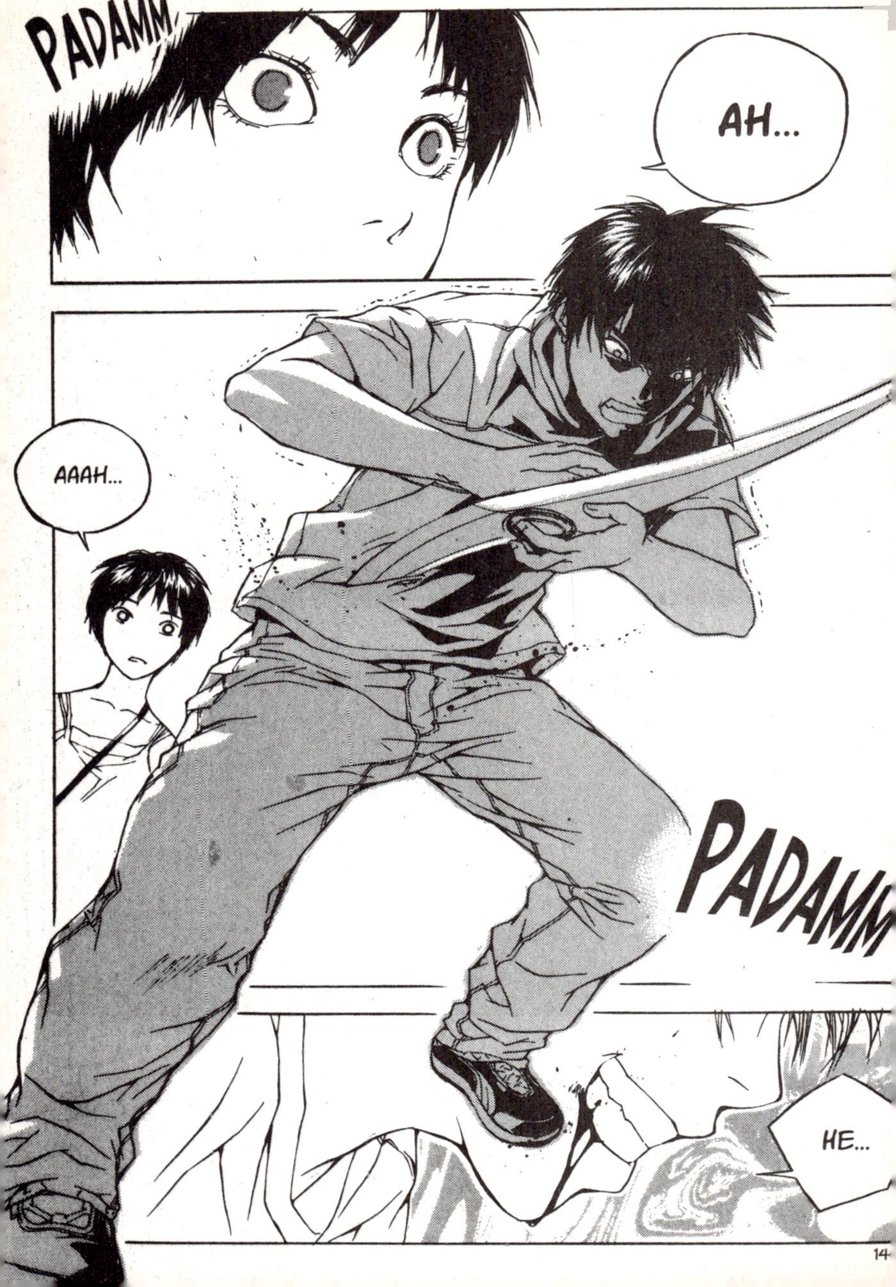
PADAMM
AH...
AAAH...
PADAMM
HE...

BAMM

AAAAAH...

AA-
AA-
AA
AA-
AH...

Log_33 END

LOG_28;
Hybrid Hunter

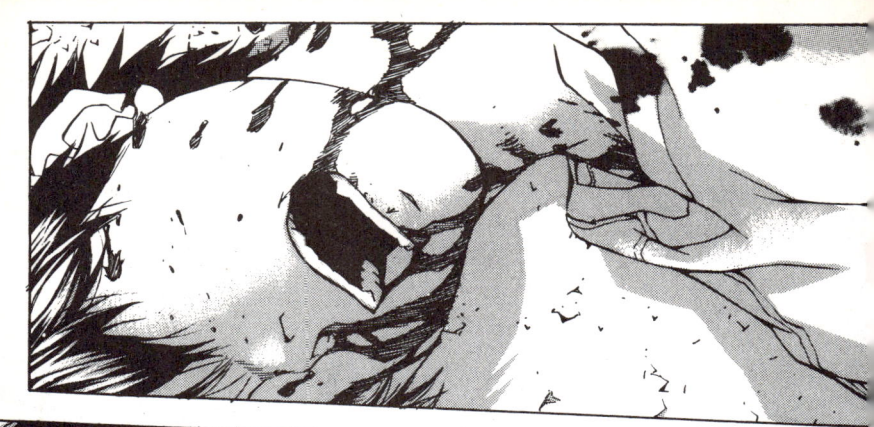

!

SCHIESST!!

RATATATATATAT

TSCHING TSCHING

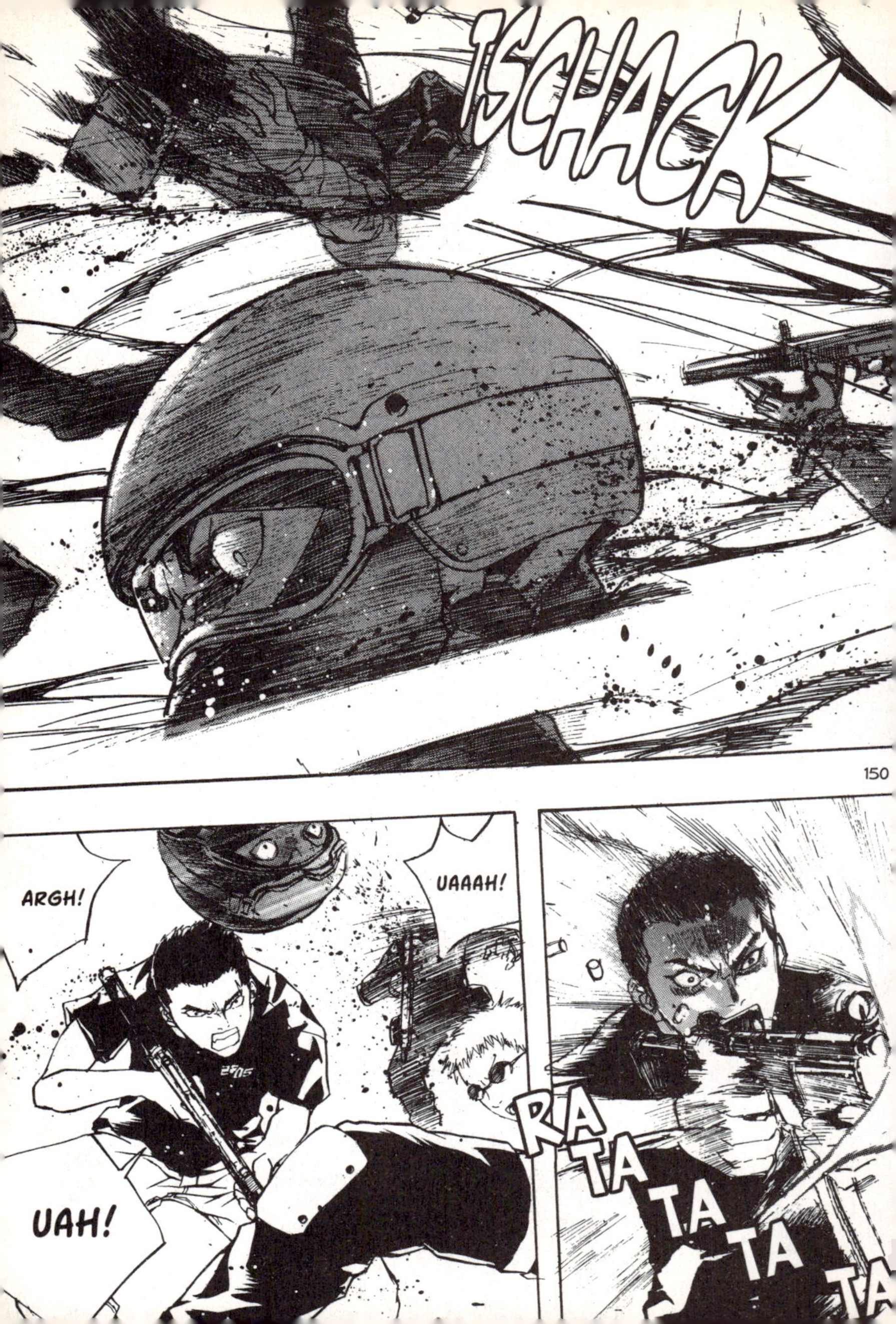
TSCHACK
RATATATATA
UAAAH!
ARGH!
UAH!

TSCHACK

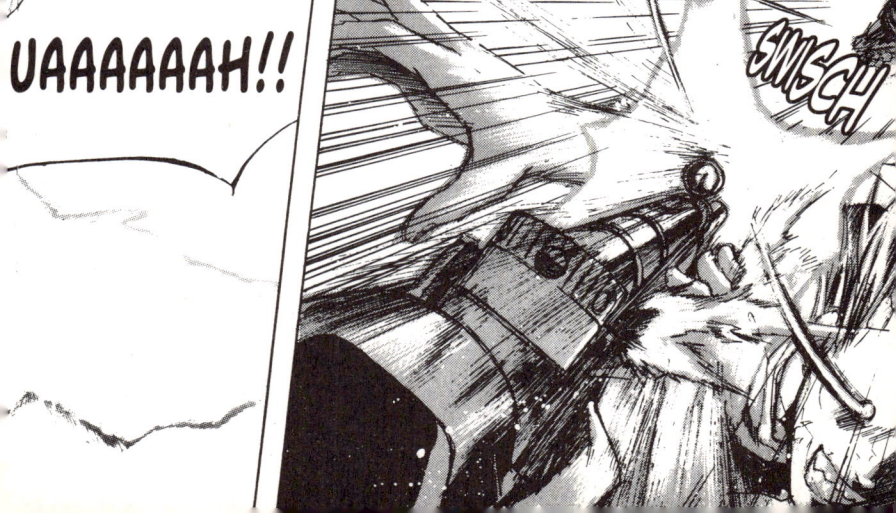

TSCHACK

UAAAAAAH!!

SNSCH

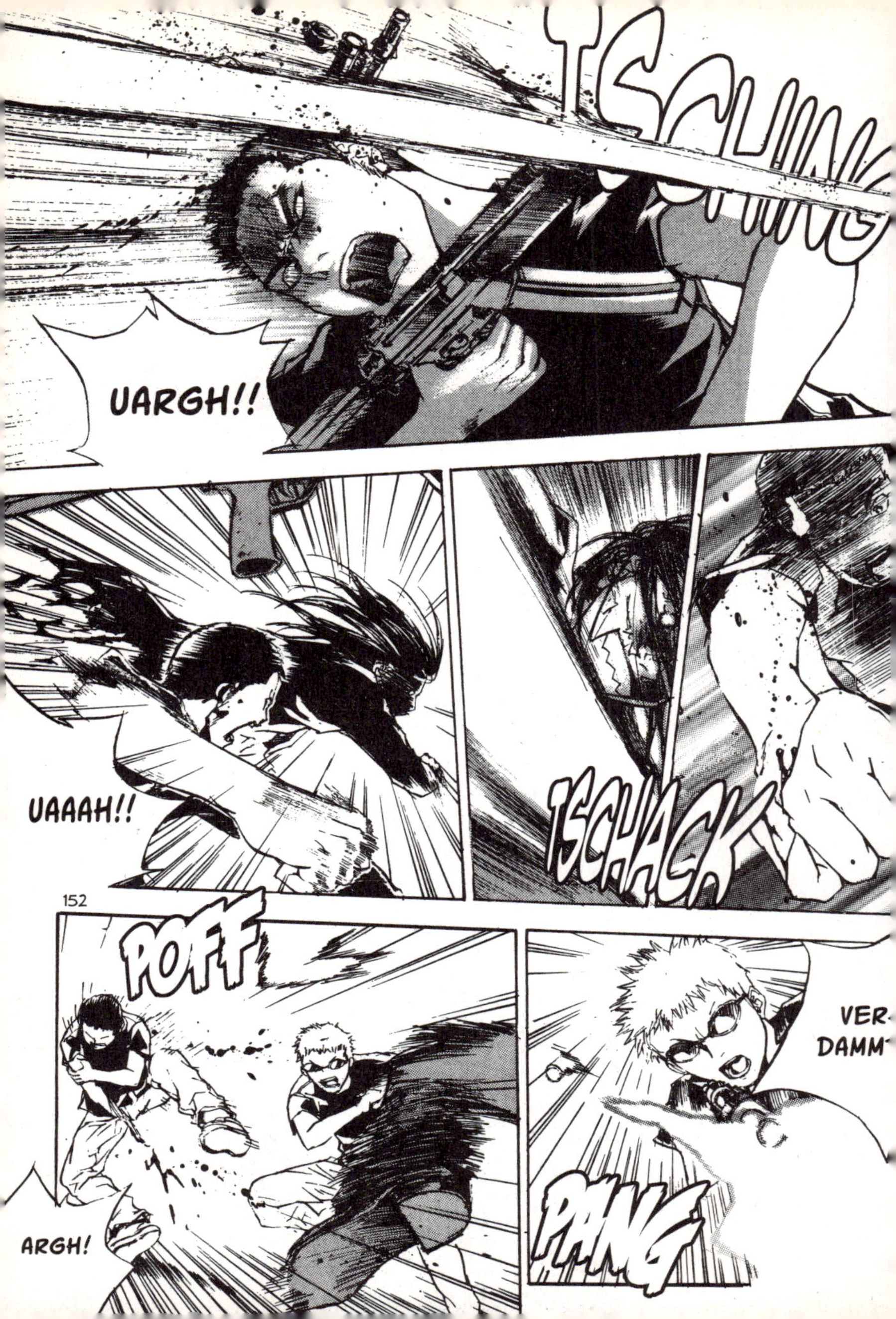
TSCHING
UARGH!!
TSCHACK
UAAAH!!
VER-
DAMM-
PANG
POFF
ARGH!

GRABB

BAMM

HIT!!

PANG

SWISCH

BAKA*!!

* JAPANISCH: IDIOT

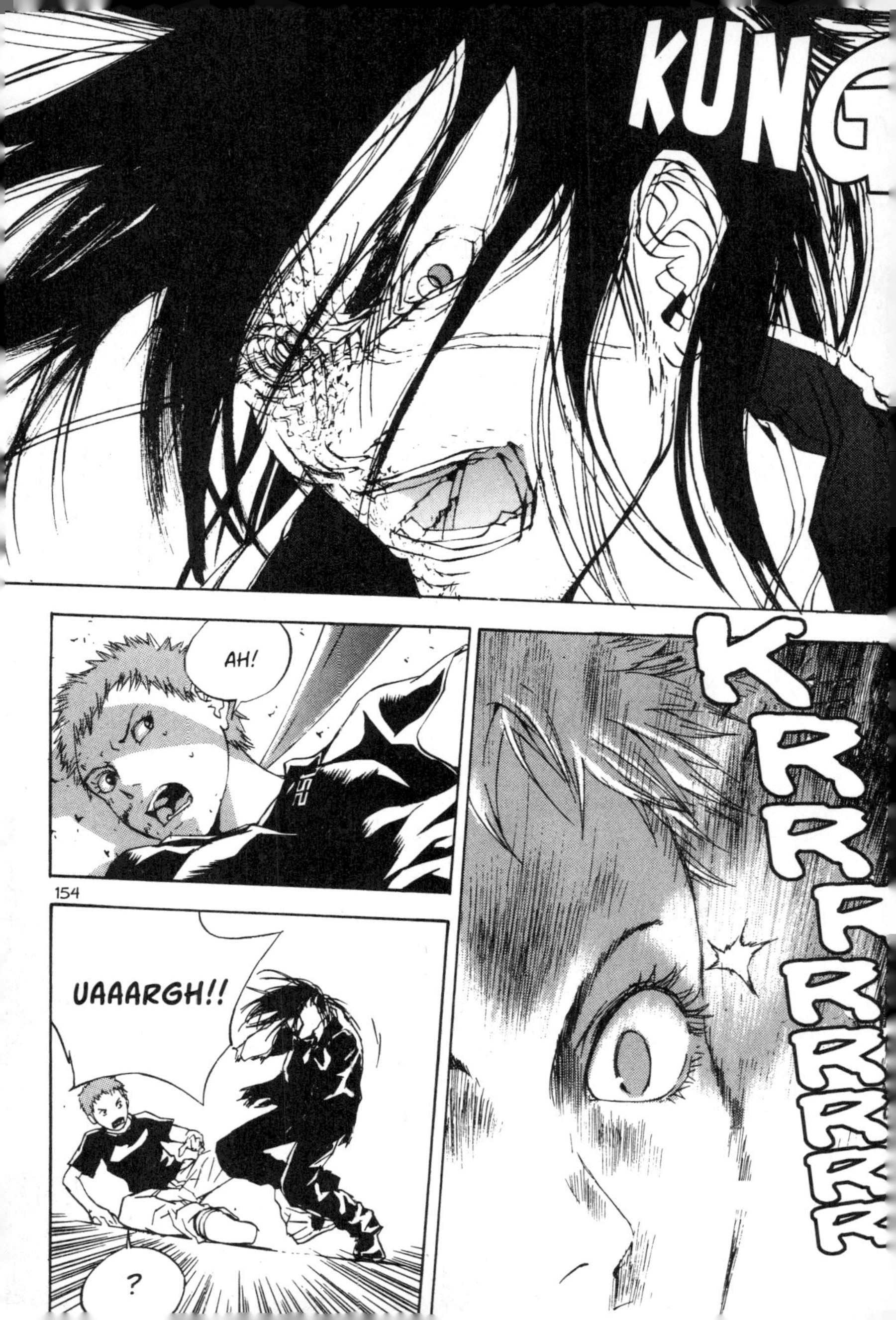
KUNG
KRRRRRRRRR
AH!
UAAARGH!!
?

AAARGH!! PONG ARGH! PONG

PONG

UARGH!!

...!!

SIE ER-
WACHT...?!

KRACK
KRACK
KRACK

KUUUNNG

WIR HABEN LIVE-BILDER VON KAZUYA!

ZZZ
ZZZZ

ZZZZ

SIE... WIRD DOCH NICHT...

KALI!

WIE IST IHR ZUSTAND?!

IST SIE SCHON ERWACHT?!

ICH ÜBERTRAGE DIE SATELLITENBILDER AUF DEN HAUPTMONITOR!! DER RADIUS DER IMPULSE WEITET SICH AUS!! ES SIND JETZT SCHON 15 KILOMETER!

SIEHT SO AUS! AUFGRUND VON TARKEN ELEKTROMAGNETISCHEN IPULSEN, DIE VON HR AUSZUGEHEN CHEINEN, STEHEN LE ELEKTRISCHEN GERÄTE IN EINEM MKREIS VON ZEHN KILOMETERN STILL!!

20 KILOMETER!

23 KILOMETER!

V-VERDAMMT... NEIN!

"AUF WIE VIELE SATELLITEN HABEN WIR ZUGRIFF?"

"MOMENTAN AUF 20! IN FÜNF MINUTEN AUF ACHT WEITERE!"

"GUT, HÖRT MIR GENAU ZU! DURCH ALLE SATELLITEN WERDEN WIR UNS MIT KALI KURZ-SCHLIESSEN UND SIE SO KONTROLLIEREN!"

"WENN WIR SIE JETZT NICHT AUFHALTEN KÖNNEN..."

"...WIRD HEUTE DER LETZTE TAG DER MENSCHHEIT GEWESEN SEIN!!"

!!

UAAARGH!!

BAMM

KRRRR

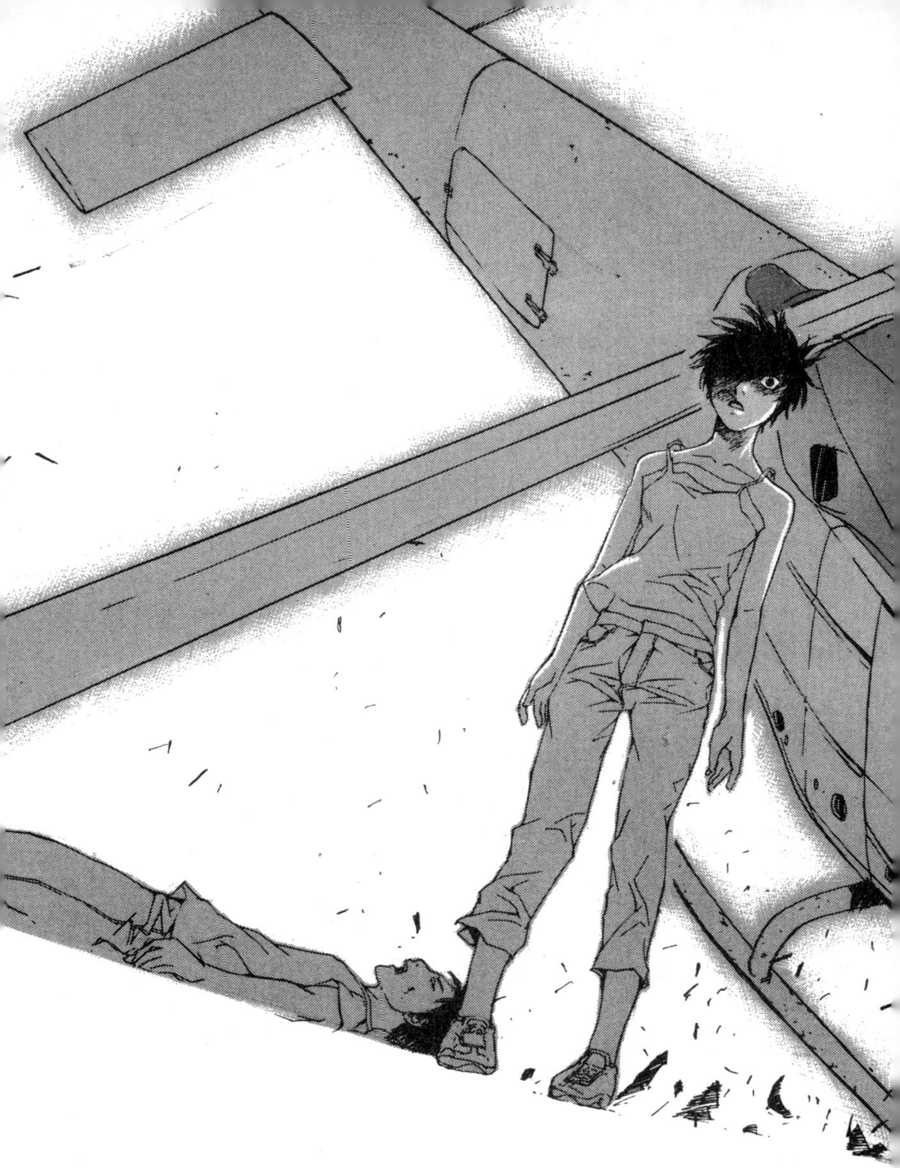

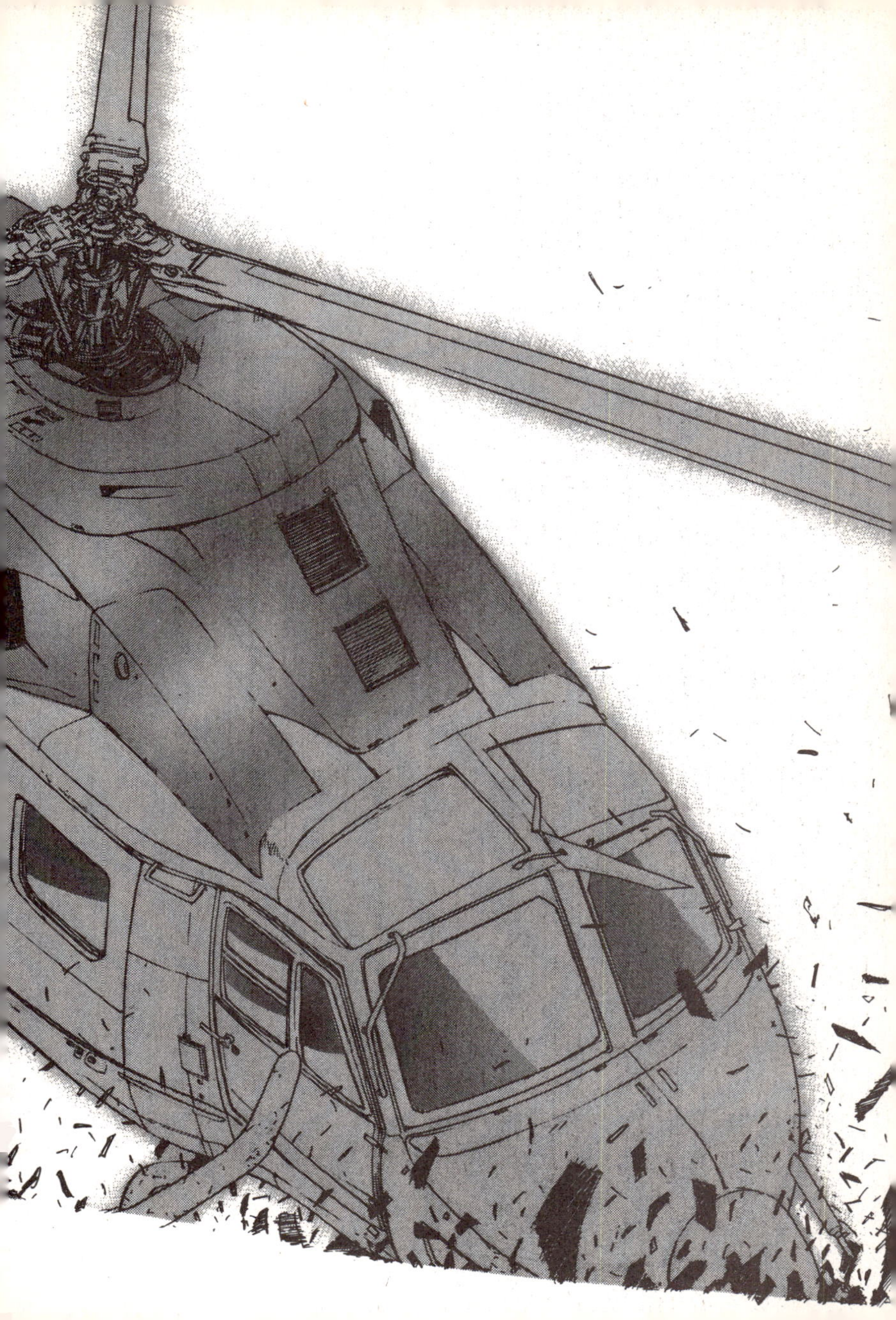

KAWUMM

KUOOOOOH

HEHEHE...

IST ENDLICH DIE GÖTTIN DER ZERSTÖRUNG AUFERSTANDEN?

KRACK
KRACK
KRACK

GUT, GUT...

KRACK

ES WIRD IMMER SPANNENDER... ♡

KRACK

KRACK

KRACK

BIST DU WIRKLICH SO TOLL, WIE ALLE BEHAUPTEN...

DANN WERF ICH MAL EINEN BLICK IN DEIN GEHIRN!!

PIIIING

PAFF

HUCH!!

PAPAFF

UAAAARSJ!

BAMM

AH!

KALI...

PAFF

PIIING

ZIIING

BABABABAMM
UAAARGH!
UF
ARGH!
AAARGH!
UARGH!
WAS IST DA LOS?!
JEMAND VERSUCHT UNS ZU ORTEN!
ZU ORTEN? ETWA KALI?!
ARGH!
ES SCHEIN SO! VIA SAT LIT STÜRZE UNMENGEN VO DATEN HEREI UND WIR VER- LIEREN DIE KO TROLLE ÜBER SÄMTLICHE SE SYSTEME!
BIEP
BIEP
BIEP
CH-CHEF! SEHEN SIE NUR...

WAS IST DENN JETZT SCHON WIEDER?

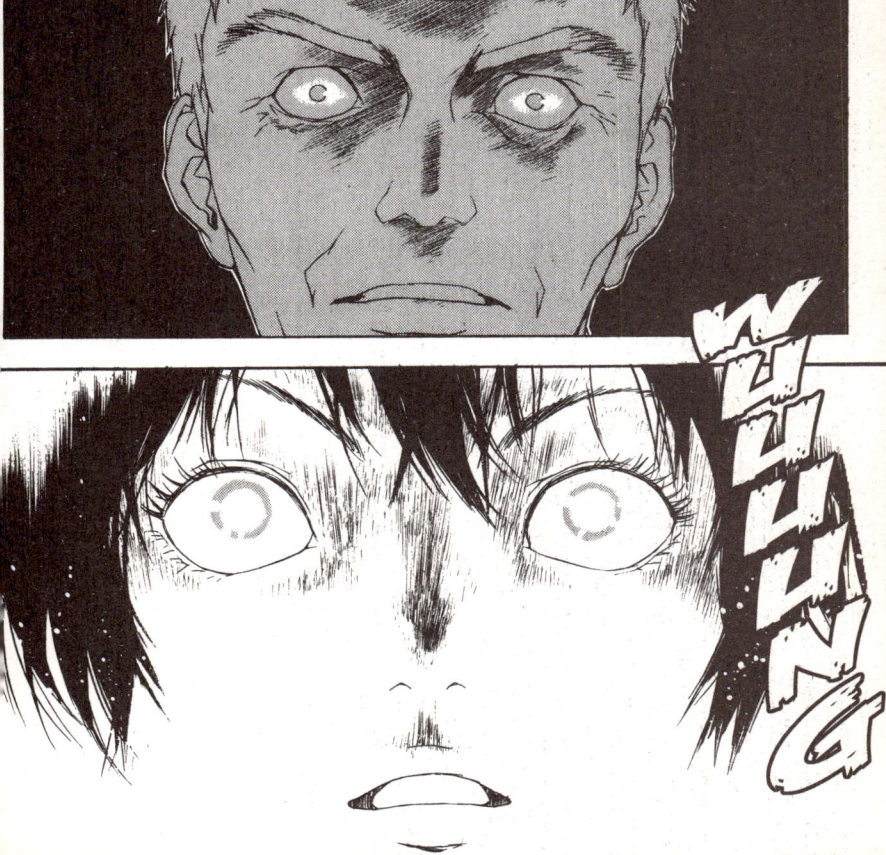

KALI HAT SICH AN DAS ATOMWAFFEN-SYSTEM ANGE-SCHLOSSEN...

SIE HAT DEN COUNTDOWN FÜR ALLE ATOM-RAKETEN, DIE SICH IN AMERIKANISCHEM BESITZ BEFINDEN, GESTARTET.

WUUUNG

KALI!

NEIN!

BAM!

PFFF

KRACK KRACK

AAARGH!

KRACK

KRACK

TROPF TROPF

KRACK KRACK

Log_34 END

FINAL LOG; Bring It On!

MI-MINA...

MINA...

SCHON GU...

KRACKS

UAAAAH...

BUMM

BUMM

BUMM

AAARGH...

N-NEIN...

HÖR AUF, MINA.

MIR GEHT ES GU...

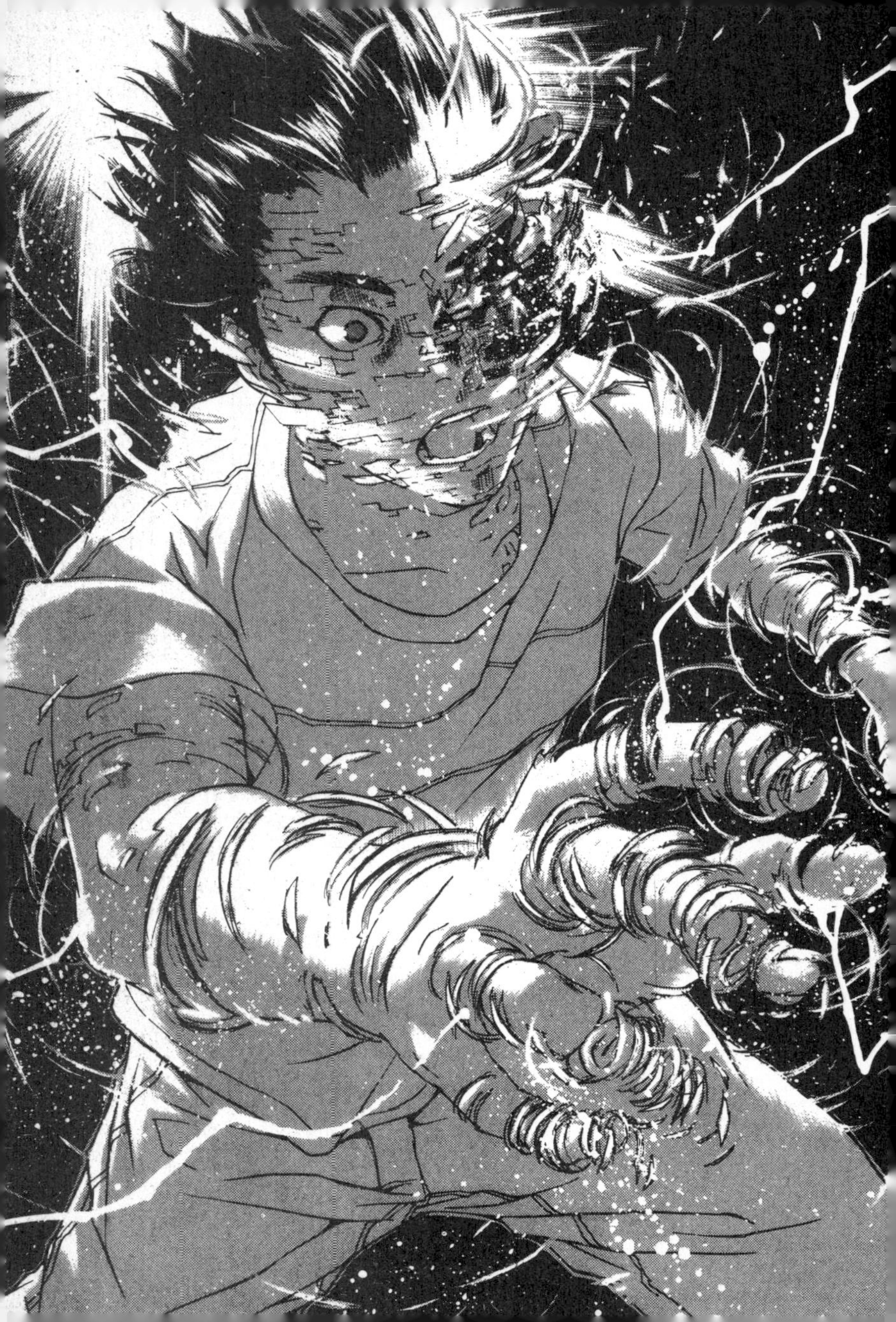

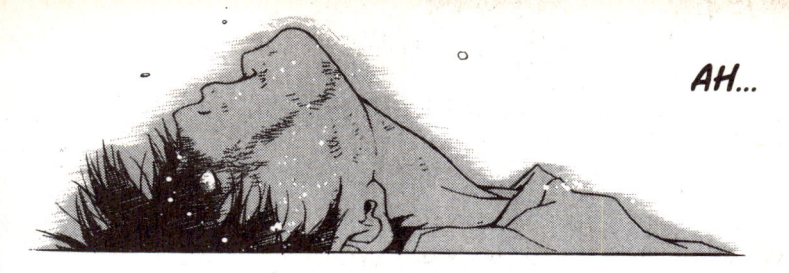

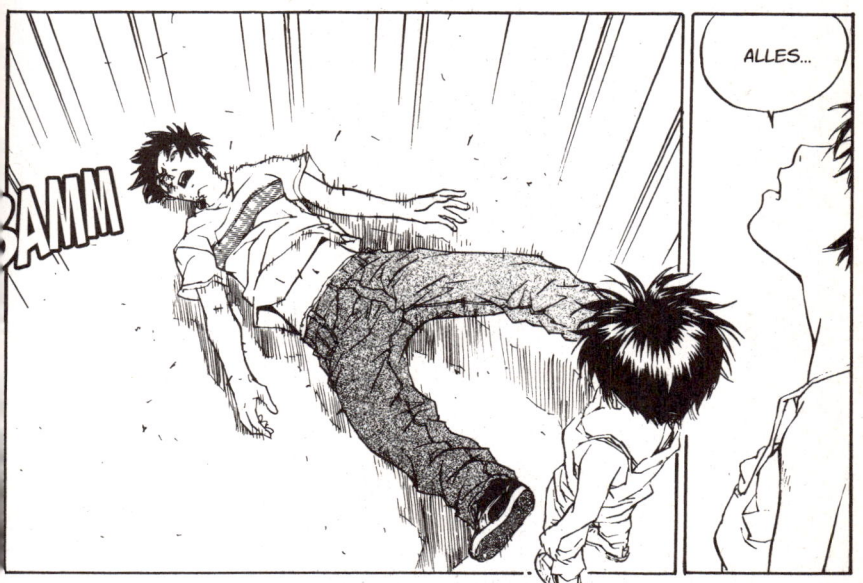

AH...

BAMM

ALLES...

... VERSCHWINDET...

ALLES... VERSCHWINDET...

PLUMPS

W-WIE VIEL ZEIT...

WIE VIEL ZEIT BLEIBT NOCH?

EINE MINUTE UND 30 SEKUNDEN.

AH...

WAS... HABEN WIR... DA NUR ANGERICHTET...

ALLES...

... VERSCHWINDET...

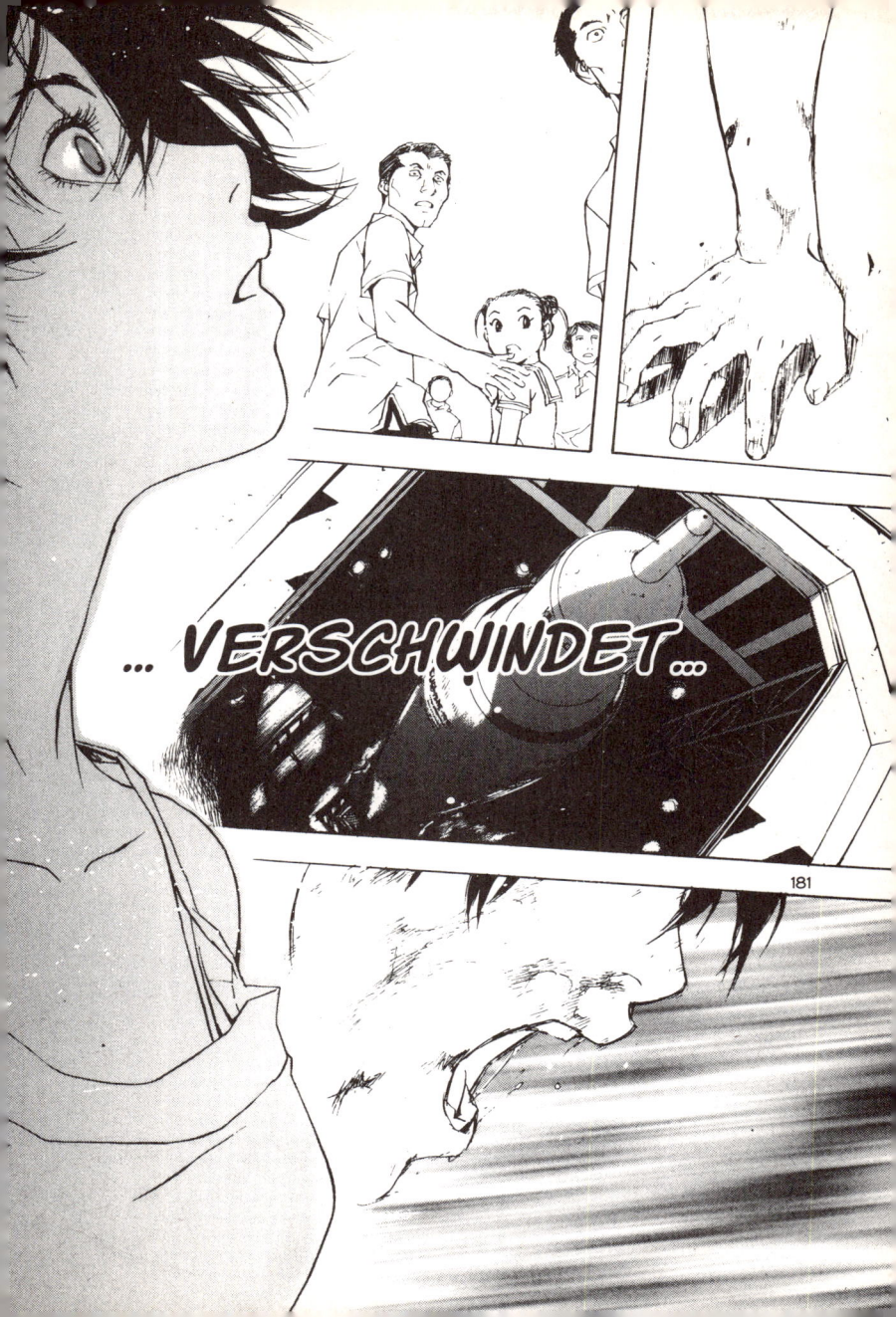

!

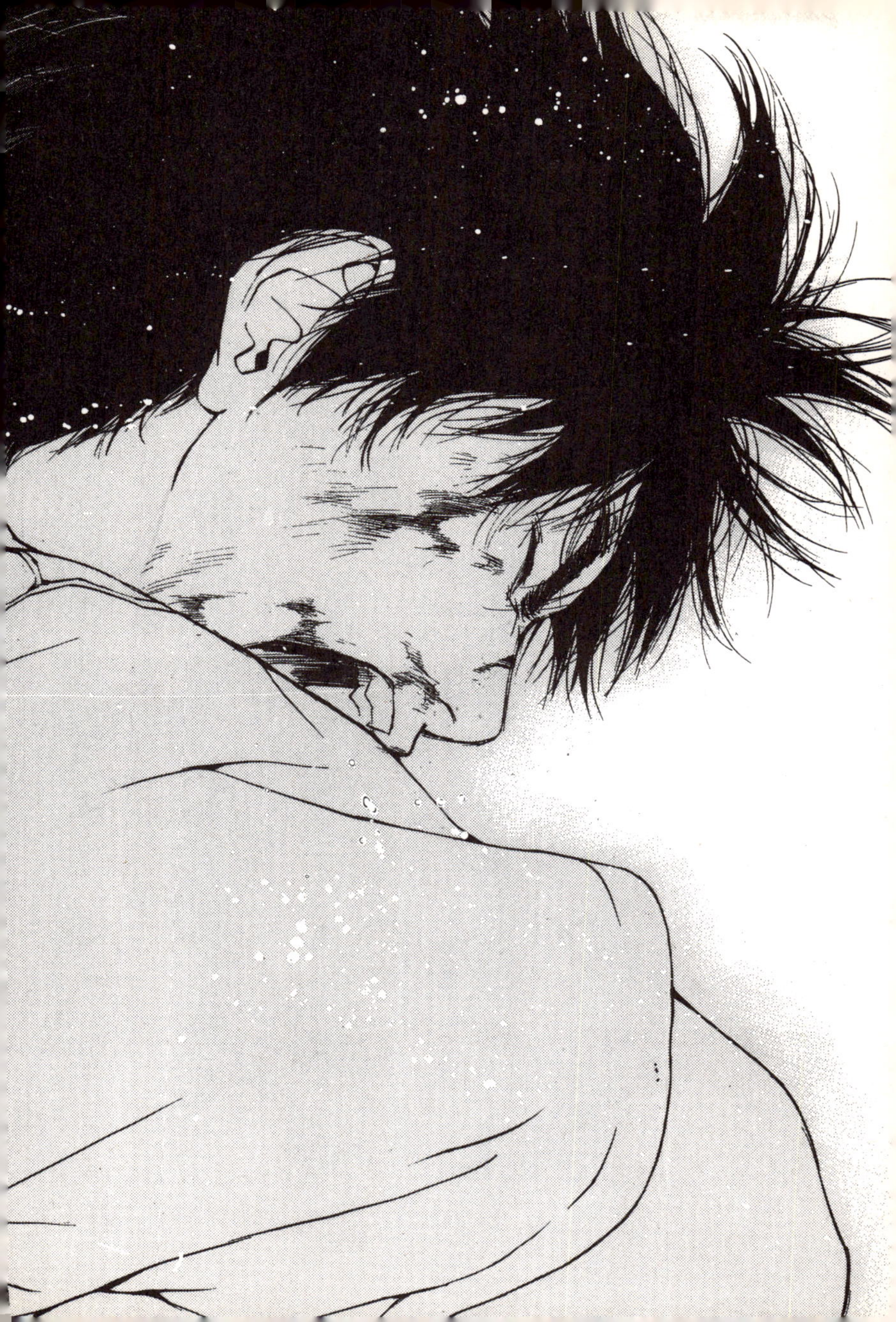

KRACK

HÖR AUF, MINA!

KRACK

KRACK

HÖR AUF!

KRACK

ICH BIN HIER!!

HAB KEINE ANGST, MINA!

ICH WERDE NICHT STERBEN!!

DU...
WIRST
STERBEN...
STERBEN...
DU...
WIRST
STERBEN...
NEIN! NEIN!
DU WIRST ES BEREUEN...
DU WIRST ES BEREUEN...
NEIN!
ES IST MIR EGAL! ICH WERDE DICH TROTZDEM BESCHÜTZEN!
INCHANG...
AAAH...

KYAAAAAAAAAAAH...

ARGH

KAWUMM

BAMM

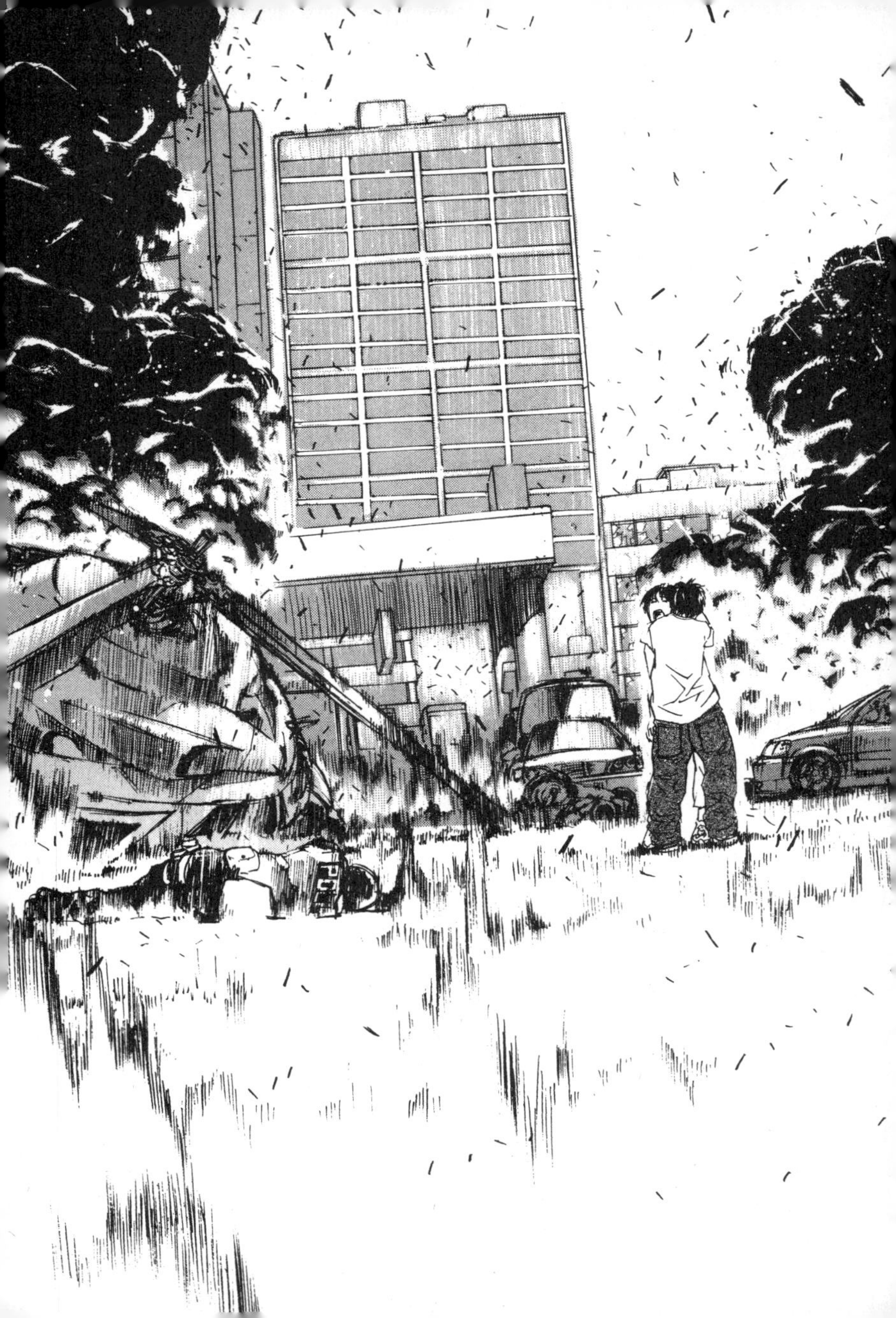

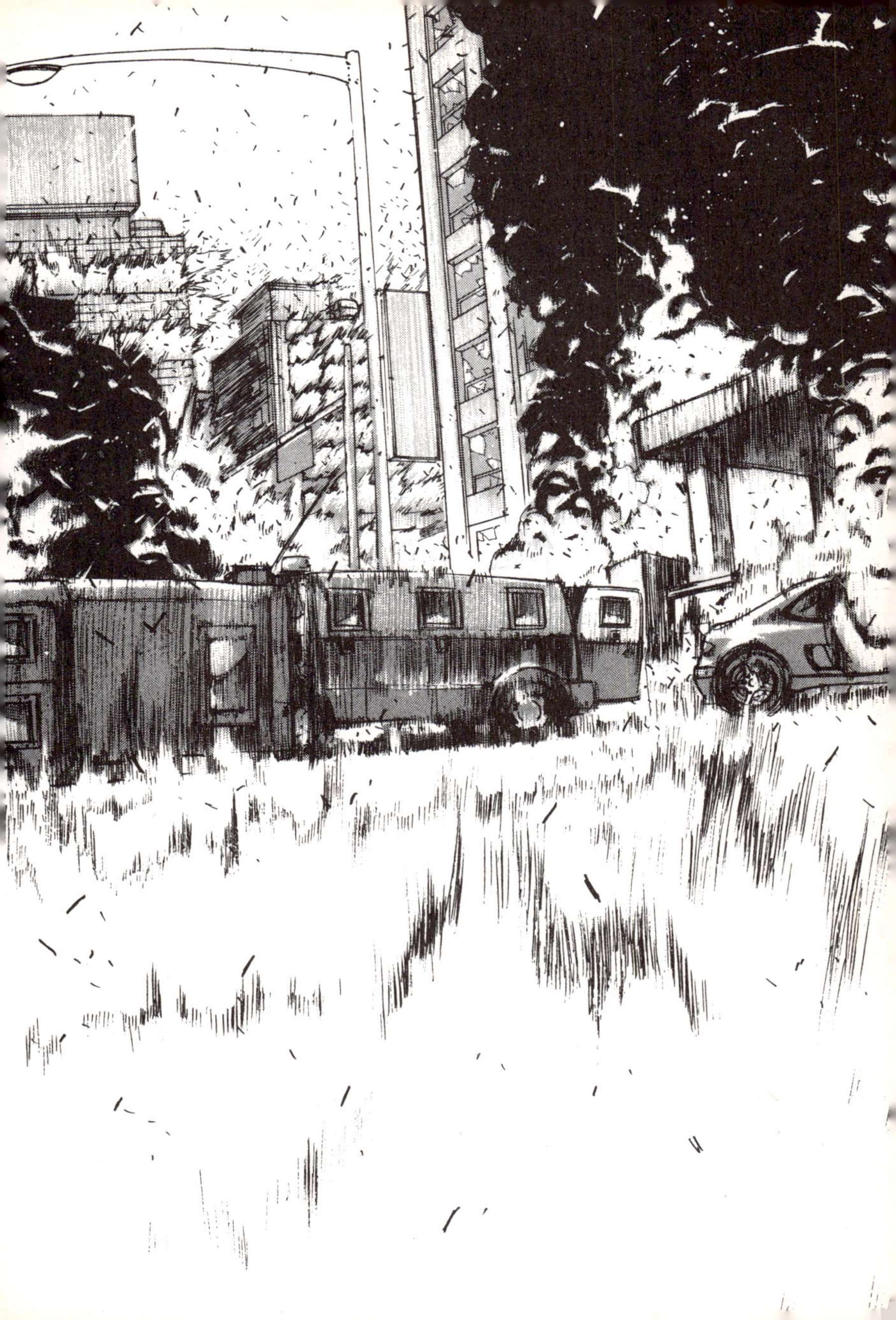

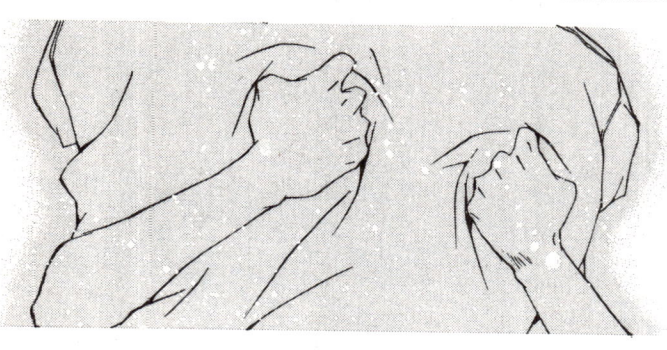

ICH... WERDE DICH BE-SCHÜTZEN...

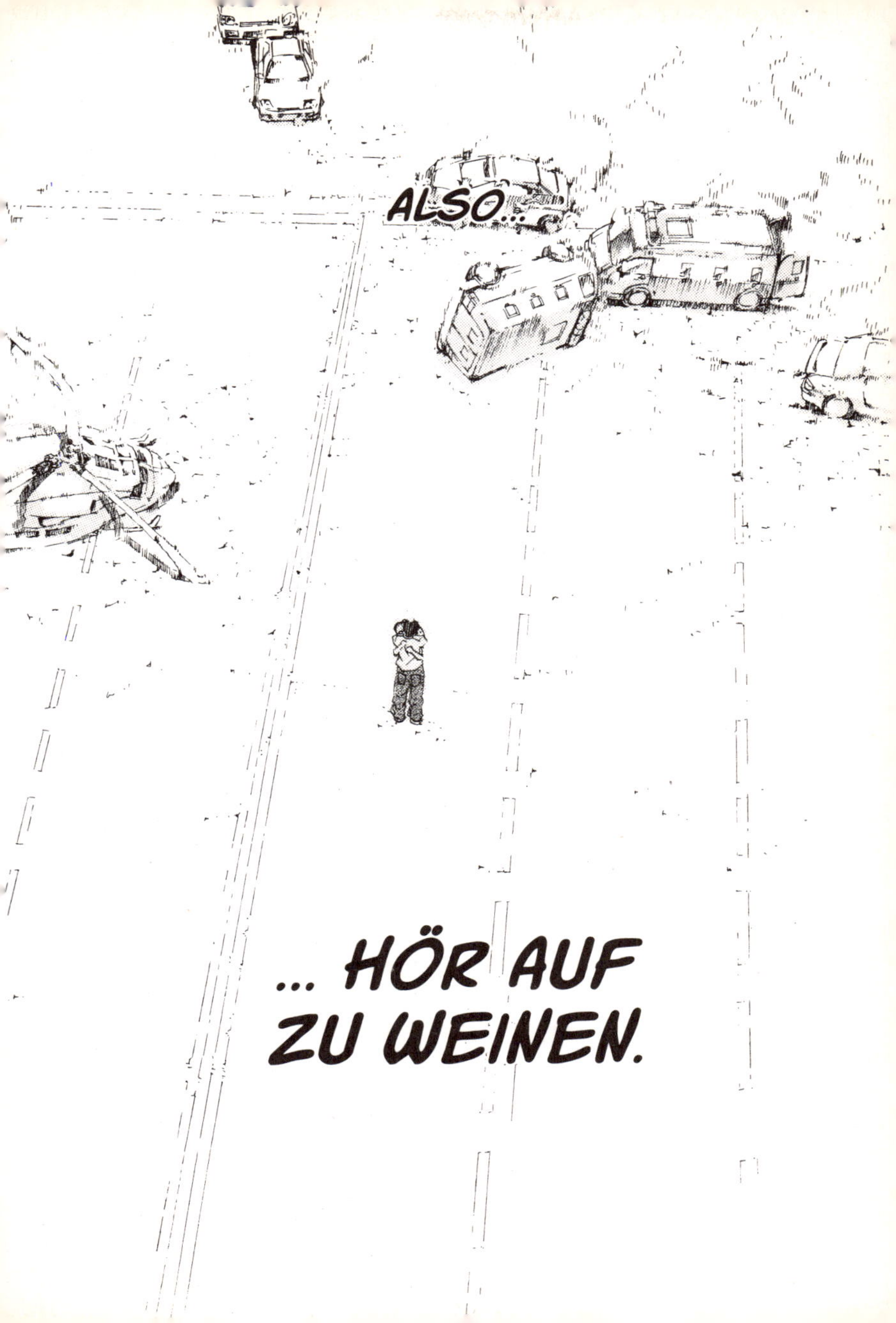
ALSO...
... HÖR AUF ZU WEINEN.

ZWEI JAHRE SPÄTER...
UAAAH! ICH BIN ZU SPÄT!
DU MUSST DOCH WAS ESSEN!
BIN SPÄT DRAN! HEUTE FANGEN DIE PRÜFUNGEN AN!
BIS SPÄTER!
TATATAT
MIIINA! MOMENT!
HEY! DU MUSST DOCH DEIN PORTMONEE MITNEHMEN!
AH!
WILLST DU ETWA ZUR UNI LAUFEN?
HEHE...

DANKE, PAPA... ♡

BIS SPÄTER...

VIEL GLÜCK, MEIN LIEBLING!

DANKE!

HEY... KLEINE STUDENTIN...

HÄ...? INCHANG!

BIST DU AUF DEM WEG ZUR ARBEIT? BIST SPÄT DRAN!

JA.

HEUTE FANGEN DIE PRÜFUNGEN AN.

HAB VERSCHLAFEN... ABER WARUM BIST DU EIGENTLICH SO FRÜH SCHON UNTERWEGS?

PFF... KANN GAR NICHT VERSTEHEN, WAR DU DIR DIES GANZE MÜHE N DER UNIVERSITÄT ANTUS*

DAS IST DOCH PURE ZEIT- UND GELDVERSCHWENDUNG!

HAHA... JA, JA.

HEY, WAS IST DAS DENN FÜR EIN BLICK?

STEIG AUF. ICH BRING DICH HIN. BIST DOCH SPÄT DRAN.

DIE STRASSEN SIND TOTAL VEREIST. IST BESTIMMT GEFÄHRLICH...

DAS IST DOCH GRA DER SPASS DRAN.

WENN DU NICHT WILLS SCHEINST E JA DOCH NIC SO EILIG Z HABEN.

HM... DOCH... MIT DEM BUS WERDE ICH ES NICHT RECHTZEITIG SCHAFFEN. ICH FAHR LIEBER MIT DIR.

?

WOSCH

MANN... SCHON WIEDER?

HAB'S DOCH EILIG...

SIND DAS CHINESEN?

DIE LETZTEN TAGE WAREN ZU RUHIG.

LOS!

WULIOSCH

UFF! UUUUU HUCH! HUCH

BAMM BAMM BAMM

UARGH!

W-WAS...?!

TAPP

AH, SLASH!

PUH... JA, JA... DEN HAB ICH AUCH EIN PAAR TAGE LANG NICHT GESEHEN...

LANGE NICHT GESEHEN...

MUSS DER IMMER WIE SUPERMAN AUFTRETEN...?

SAG MAL, KANNST DU NICHTS GEGEN DEINE UNMÖGLICHE FRISUR MACHEN? HÄ? SIEHT DOCH TOTAL ZUM KOTZEN AUS.

ODER WILLST DU DICH ALS SÄNGER VERSUCHEN? HIHI...

KOTZEN SIEHT DEINE VISAGE AUS. KANNST DU DAGEGEN NICHTS MACHEN?

KANN MAN SICH JA NICHT LÄNGER ANSEHEN... VON DEINER EIGENEN FRISUR ERST GAR NICHT ZU SPRECHEN... TSS...

WAS SAGST DU DA?!

AH!

WOW... ES SCHNEIT... ♡

BIS JETZT HAB ICH JA ALLES ERTRAGEN, ABER DAS GEHT ZU WEIT! BIST WOHL LEBENSMÜDE, HÄ?!

DEIN WÜTENDES GESICHT IST JA NOCH SCHLIMMER. ABSTAND. MIR KOMMT'S HOCH...

WA...!
ICH BRING DICH UM!

WOOOOW... ES SCHNEIT... ♡

WAS DENKEN DIE, MIT WEM...

... DIE ES HIER ZU TUN HABEN...?

SCHNAPPT EUCH ZUERST DAS MÄDCHEN!

WOSCH

PAFF

PABAMM

UAAARGH!

HOME... ♡ RUN...

AUTSCH...

PUUUUUH...

IHR BLUTIGEN ANFÄNGER!

PAFF

PANG
HUCH!!
HEY... WAS IST DENN MIT EUCH LOS...?
LOS, LOS... BRINGEN WIR ES SCHNELL HINTER UNS.
WA...! WAAAH!
ZACK
HIER MUSS HEUTE NOCH JEMAND ARBEITEN GEHEN...
KLACK
KLACK

WAS MINA AN JENEM TAG VORHATTE, WER DIESE LEUTE SIND, DIE DAUERND AUFTAUCHEN, WER FÜR ALL DAS VERANTWORTLICH IST, UND WIE LANGE DAS NOCH WEITERGEHEN WIRD...

... DAS WEISS ICH ALLES NICHT.

ICH WEISS NUR, DASS WIR KEINE GEWÖHNLICHEN MENSCHEN SIND.

DASS WIR UNSER SCHICKSAL AKZEPTIEREN MÜSSEN.

DASS ICH AM LEBEN BIN.

VIEL GLÜCK... ♡

UND DASS ICH DAS VERSPRECHEN EINHALTEN WERDE, SIE ZU BESCHÜTZEN.

KOMMT SCHON!

DAS IST ALLES, WAS ICH WEISS.

Final Log - END

VIELEN DANK AN ALLE LESER, DIE XS TREU GEBLIEBEN SIND.
ICH WERDE MIT EINEM BESSEREN MANHWA WIEDERKOMMEN.

BONUSSEITE
ZACK
BAND 5!!
ICH WEISS...
IHR SEID ENT-TÄUSCHT...
... DASS ES SCHON ZU ENDE IST, NICHT WAHR?
ICH BIN AUCH TRAURIG. ICH BIN NUR DURCH EURE TREUE SO WEIT GEKOMMEN.
ABER ICH HABE MICH ENT-SCHLOSSEN, GENAU DANN AUFZUHÖREN, WENN'S AM SCHÖNSTEN IST.
AUCH WENN XS ZU ENDE IST, WERDE ICH FÜR IMMER AN EURER SEITE SEIN. ALSO...
... BITTE SPRINGT NICHT VON DER NÄCHSTEN BRÜCKE ODER LÖST EUCH IN TRÄNEN AUF.

ICH WERDE BALD...
TACK
...
H-HEY...
REDAKTEUR! NA, WAS SOLL DAS DENN? HÄ?
SIE SOLLTEN SICH LIEBER UM EINEN NEUEN MANHWA KÜMMERN, STATT HIER RUMZULABERN!
ABER... ICH MUSS MICH DOCH WENIGSTENS VERABSCHIEDEN... MACHEN SIE ERST MAL DAS LICHT WIEDER AN.
SIE KENNEN MICH DOCH...
MACHEN SIE SICH SOFORT AN DIE ARBEIT! WIRD'S BALD ?
...
LETZTLICH HABE ICH BIS BAND FÜNF GANZ ALLEIN GEARBEITET. ABER ES WAR GAR NICHT SO ANSTRENGEND ... VIELE KOLLEGEN HABEN MIR GESAGT, DASS ES FÜR MICH ERST DER ANFANG MEINER KARRIERE IST. UMSO MEHR WERDE ICH MIR MÜHE GEBEN, GUT ZU SEIN.
ICH HASSE HOHE BERGE! ICH HASSE DEN SCHNEE! ICH HASSE SIE, ICH HASSE SIE!!
BUÄÄÄH...
ICH DANKE ALLEN LESERN, DIE SICH FÜR MEINE WERKE INTERESSIERT HABEN UND IHNEN TREU GEBLIEBEN SIND. IHR SEID MEINE GRÖSSTE STÜTZE GEWESEN. KRITIK ODER FRAGEN KÖNNT IHR UNTER HTTP://CAFE.NAVER.COM/SUPREMEBEING.CAFE LOSWERDEN. VIELEN DANK, UND BLEIBT GESUND.
JETZT IST ER VÖLLIG DURCHGEDREHT...
NA
11. APRIL

Der Manga zur gleichnamigen Anime-Serie!

Ban Mido und Ginji Amano besorgen dir alles, was man sich nur vorstellen kann – sofern du es verloren hast. Als *Get Backers* (Wiederbeschaffer) werden sie in ihrer Zukunftswelt äußerst gut bezahlt.
Kein Wunder: Ihre Einsätze sind extrem gefährlich, ihre Methoden unkonventionell und ihre Erfolgsquote liegt bei sagenhaften 100%!

Get Backers

We steal it back!

www.manganet.de

Ladys auf Monsterjagd

Tokio im Jahr 1921: Japan ist ein friedlicher und wohlhabender Staat – wären da nicht die dämonischen Angreifer, die diese Idylle bedrohen. Die Feinde können nur mit Hilfe einer speziellen Ausrüstung und jungen Frauen mit starken, spirituellen Kräften bekämpft werden. Die weltweit rekrutierten PSI-Ladys haben aber nicht nur mit Monstern zu kämpfen ...

© Kosuke Fujishima. All rights reserved.

Sakura Wars
Band 1
ISBN 978-3-7704-6400-5

www.manganet.de

EMA macht schlau!

Werde zum Mangaka!

Die Bücher für alle, die schon immer ihren eigenen Manga zeichnen wollten, aber nicht wissen, wie und wo sie anfangen sollen. Eine gelungene Mischung aus witzigem Lesespaß und ernsthafter Anleitung zum Zeichnen von Shojo-Mangas!

How to draw Manga mit Yuu Watase
€ 6,50 [D]
ISBN 978-3-7704-6649-8

Shojo-Manga Band 1: selbst gezeichnet
€ 18,- [D]
ISBN 978-3-7704-6082-3

Shojo-Manga Band 2: selbst geschrieben
€ 18,- [D]
ISBN 978-3-7704-6295-7

Japanisch mit Manga Band 1
€ 22,- [D]
ISBN 978-3-89885-920-2

Übungsbuch zu Band 1
€ 12,- [D]
ISBN 978-3-7704-6621-4

Japanisch mit Manga Band 2
€ 30,- [D]
ISBN 978-3-89885-921-9

Japanisch mit Manga!

Ihr wollt die japanische Sprache lernen? Kein Problem! *Japanisch mit Manga* ist ein unterhaltsamer und praktischer Japanischkurs auf der Grundlage von Manga-Bild- und Textbeispielen.
Für alle Manga-Fans, die mehr können wollen als „konnichiwa" und „sayounara"!

www.manganet.de

„XS" von Song Ji-Hyoung
Aus dem Koreanischen von Mirja Maletzki
Originaltitel: „XS" Vol. 5

Originalausgabe:
© 2004 by Song Ji-Hyoung.
All Rights Reserved
First published in Korea in 2004 by Haksan Publishing Co., Ltd
German translation rights arranged with Haksan Publishing Co., Ltd
through Orange Agency.

Deutschsprachige Ausgabe:
© 2007 Egmont Manga & Anime
verlegt durch EGMONT Verlagsgesellschaften mbH,
Gertrudenstraße 30-36, 50667 Köln

1. Auflage
Verantwortlicher Redakteur: Bernd Klötzer
Redaktion: Conny Lösch, Marcel LeComte
Lettering: Sylvia Meisel
Gestaltung: Claudia V. Villhauer
Koordination: Nadin Kreisel
Buchherstellung: Sandra Pennewitz
Druck und Verarbeitung: Clausen & Bosse, Leck
ISBN 978-3-7704-6509-5

www.manganet.de